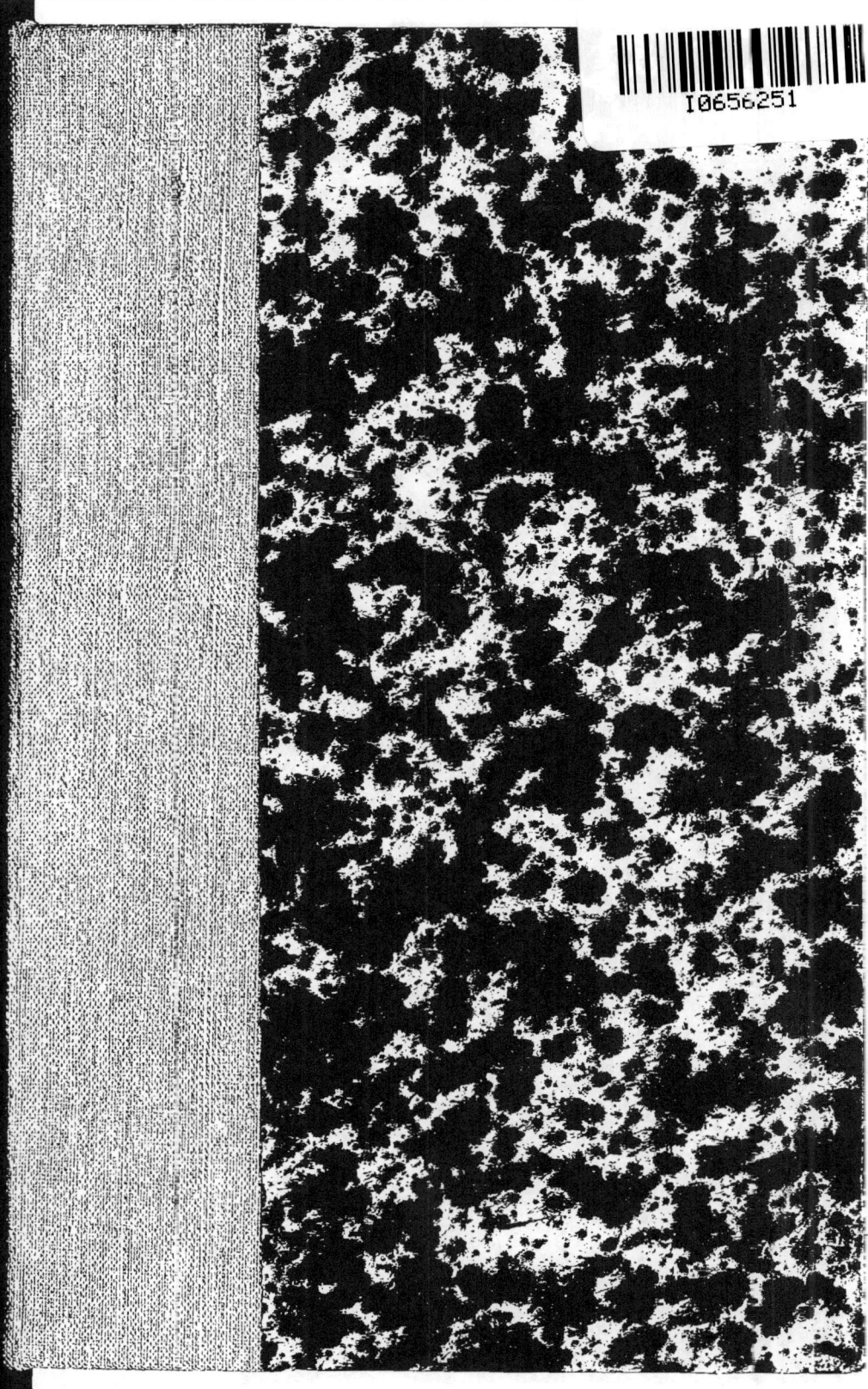

I0656251

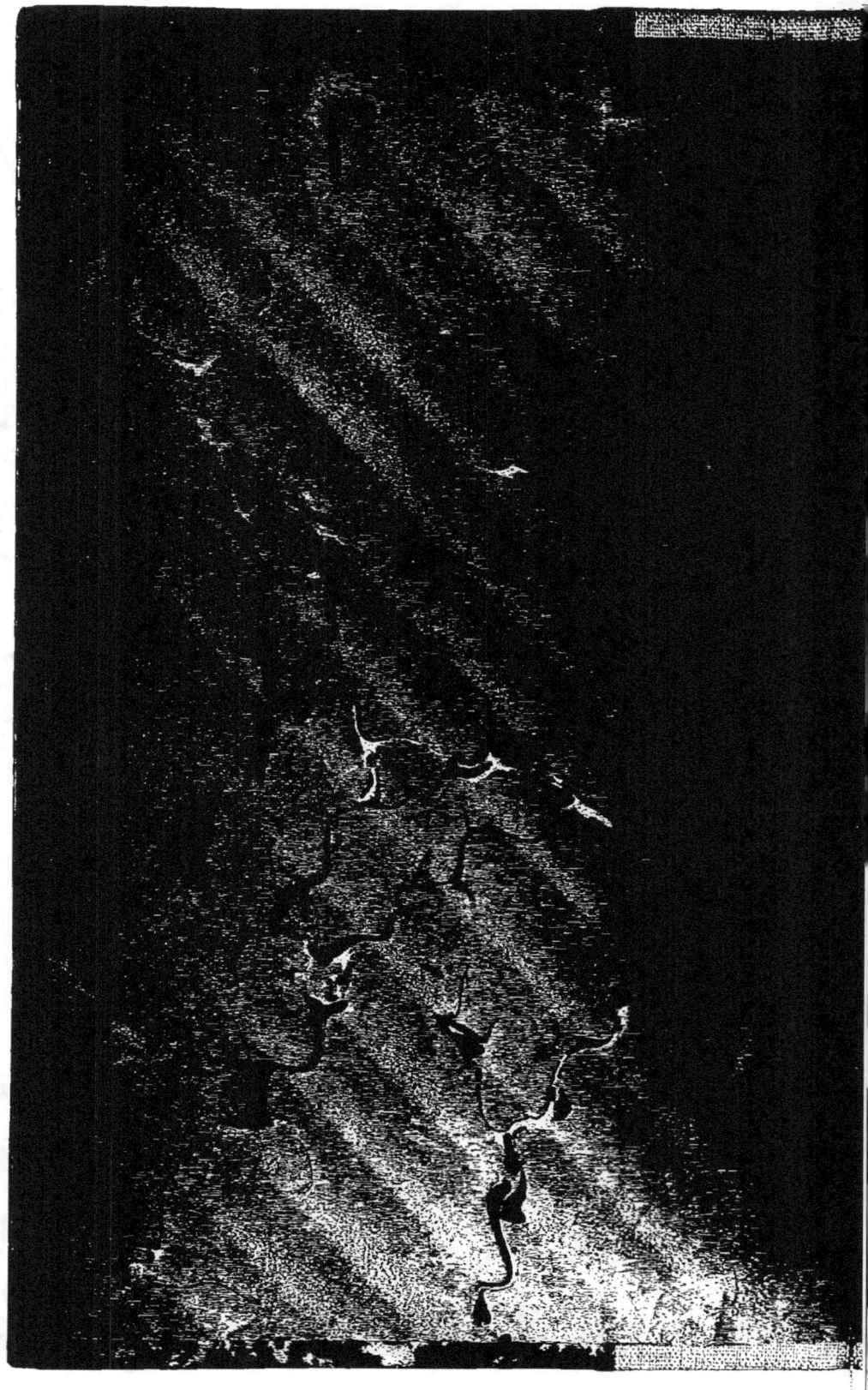

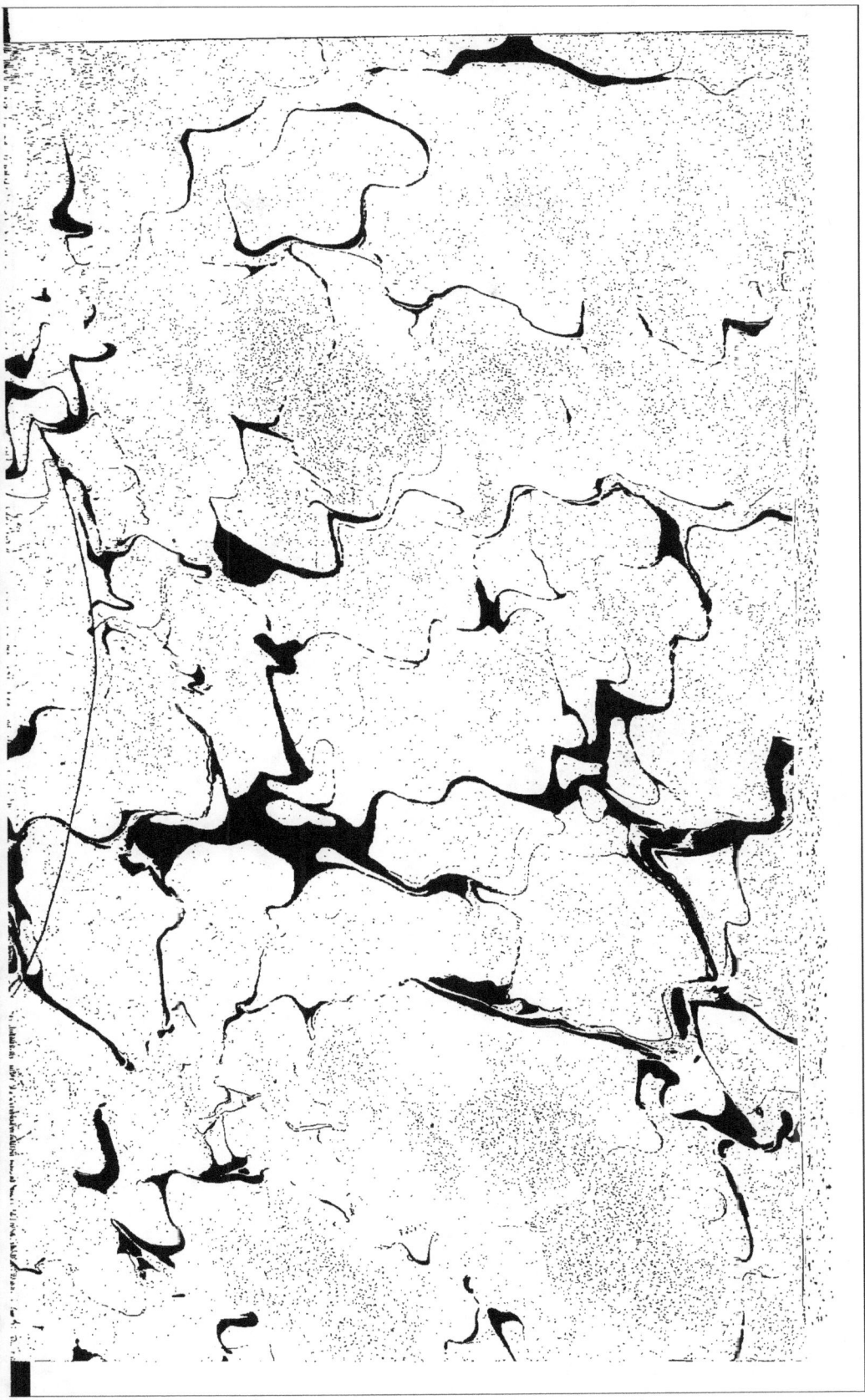

J. BOULANGER

BIBLIOTHÈQUE CONTEMPORAINE

GÉRALD

LA FAUTE

DE

GERMAINE

17647

PARIS

CALMANN LÉVY, ÉDITEUR

RUE AUBER, 3, ET BOULEVARD DES ITALIENS, 15

A LA LIBRAIRIE NOUVELLE

1883

LA
FAUTE DE GERMAINE

IMPRIMERIE CENTRALE DES CHEMINS DE FER. — IMPRIMERIE CHAIX.
RUE BERGÈRE, 20, PARIS. — 6658-3.

LA FAUTE

DE

GERMAINE

LA BUISSONNIÈRE

GERTRUDE

LE MARIAGE DE MADELEINE

PAR

GÉRALD

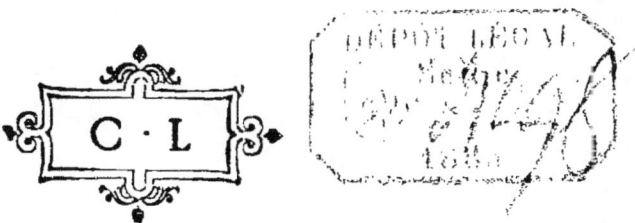

PARIS

CALMANN LÉVY, ÉDITEUR

ANCIENNE MAISON MICHEL LÉVY FRÈRES

3, RUE AUBER, 3

—

1883

LA
FAUTE DE GERMAINE

II

— Albert arrive demain, dit ma tante, madame de Lermont, en achevant de lire une longue lettre, que la grande écriture ferme, ainsi que le timbre étranger, m'avaient fait aussitôt reconnaître pour être de mon cousin. Il arrive demain et j'espère que ce sera pour longtemps. Qu'en dites-vous, ma chère enfant?

Je lui répondis en l'embrassant, car j'étais aussi contente qu'elle-même.

— Tenez, continua-t-elle en posant la

1

lettre sur mes genoux, vous pouvez lire, Germaine, et même lire tout haut. Je serai heureuse d'entendre encore une fois cette bonne nouvelle.

Je m'empressai de faire ce qui m'était demandé, car Albert de Lermont est non seulement mon cousin, mais aussi mon fiancé. Nous avons été élevés ensemble, au sein d'une famille tendrement unie. Quand ma mère, qui était veuve, se vit, jeune encore, à la veille de mourir, elle nous fit agenouiller tous deux devant elle, et prenant ma main, la mit dans celle de M. de Lermont; puis:

— C'est une grande consolation pour moi, dit-elle, en s'adressant à tous les siens, réunis autour d'elle en cet instant, de penser que je ne laisse pas ma fille seule en ce monde. Ma chère Germaine, ajouta-t-elle, en se tournant vers moi, ta tante m'a promis de devenir réellement ta mère en te mariant avec son fils. Albert vient de ratifier cette promesse et me jure d'être pour toi le plus tendre des maris. C'est donc l'âme en paix que je te quitte. Sois heureuse et sois bonne.

Ce furent ses dernières paroles. Quelques jours après, Albert mit une bague à mon doigt et m'embrassant :

— Je me considère désormais, Germaine, comme solennellement lié à vous. Je serai pour vous un ami, un protecteur, un époux, dont l'existence entière vous sera consacrée. Ne pleurez donc pas; nous sommes deux pour toujours.

— Oui, répondis-je, en lui donnant la main, et c'est avec confiance que je vous engage ma vie.

Mais je n'avais que seize ans alors, il en avait vingt-trois. Ma tante décida que, ne devant pas nous marier encore, il valait mieux qu'Albert ne restât pas auprès de nous et obtînt d'un de ses amis de l'emmener avec lui, comme attaché d'ambassade, en attendant mes dix-huit ans révolus, époque fixée pour notre union. Ces dix-huit ans, je vais les avoir dans quelques jours, et il m'est facile de comprendre pourquoi il revient. Mais c'est singulier, tandis que le cœur me bat si fort en songeant à son retour et que ma vue se trouble en lisant ces lignes qu'il a tracées, il me semble qu'il y règne, avec une froideur étrange, comme une vague tristesse. On dirait qu'il revient à regret, lentement, s'arrachant avec peine à ce beau ciel d'Italie, à ce climat délicieux, dont il parle avec tant d'enthousiasme. Il est vrai qu'il fait bien froid ici, bien noir; je ne m'en étais jamais aperçue comme aujourd'hui. Voilà novembre, et certes il serait difficile de vivre chez nous les croisées ouvertes, comme il le fait là-bas. Ce matin, précisément, en descendant au jardin, j'ai trouvé toutes les fleurs du parterre gelées, et j'ai constaté qu'il y a plus de feuilles sur la

terre qu'il n'en reste aux arbres dépouillés
du parc. Ah! si du moins le soleil pouvait briller demain pour égayer son arrivée. Mais n'importe, du soleil, j'en ferai
pour lui. Je vais tout si gaiement arran-
ger dans sa chambre, orner avec tant de
soin le salon, mettre un tel air de fête dans
toute la maison, et puis moi-même me faire
si belle!... qu'il faudra bien, malgré tout,
qu'il soit content d'être revenu. Mon cher
futur mari, comme il me tarde de le revoir. Mon mari! Ce mot sonne d'une
étrange façon; il me réjouit et m'effraye à
la fois. Pourtant je suis habituée à cette
idée depuis longtemps; c'est quelque chose
de singulier que d'être fiancée, de savoir
de si loin sa destinée fixée à jamais, de
n'avoir dans sa vie nulle place pour l'inconnu. Je ne m'en plains pas. La réalité qui
m'appartient est plus belle que tous les rêves
et il n'y a pas d'espérances qui vaillent ce
que je possède dès à présent. Mais lui,

pourvu qu'il pense de même et qu'il n'aille
pas regretter d'avoir perdu le droit de choisir, de n'avoir plus rien à attendre, à
chercher, à conquérir; pourvu qu'il ne se
demande pas si, là-bas, dans l'ombre mystérieuse de l'avenir ignoré, aux détours
imprévus d'un chemin non tracé à l'avance,
il ne se fût pas trouvé, il n'aurait pas découvert un bonheur qu'il eût préféré meilleur... O mon Dieu! faites qu'il soit heureux, comme moi, d'avoir, dès à présent,
tout son cœur fini dans un autre.

II

Albert est arrivé ce soir. Le cœur me battait fort quand son petit panier, attelé de ses deux poneys, s'est arrêté devant le perron. Il y avait longtemps que, derrière la croisée, j'attendais avec impatience le bruit des grelots bien connus et les aboiements des chiens annonçant le retour du maître. J'ai trouvé qu'il avait un peu changé; il m'a paru que son visage était devenu plus grave, ses manières plus cérémonieuses.

Ce n'est pas pour rien, pensais-je, que l'on a été attaché d'ambassade à Rome pendant deux ans. Il embrassa sa mère, puis, se tournant vers moi, parut hésiter un moment, prit ma main et la porta à ses lèvres.

— Comme vous avez grandi, Germaine, dit-il en me regardant d'un air à la fois pensif et étonné.

Ce mot me sembla singulièrement désagréable ; il me rappelait trop le voisinage de l'enfance que la première jeunesse dédaigne toujours un peu. Ce n'est que plus tard, je crois, lorsqu'ils sont déjà bien loin, que le souvenir se complaît à évoquer les jours d'autrefois. A vingt ans, c'est vers l'avenir que l'on tourne les yeux.

Je me pris à rougir sous son regard.

— Grandi et embelli, ajouta-t-il.

Ce compliment ne me fit aucun plaisir ; j'y trouvais quelque chose de protecteur, un ton paternel, qui me déplaisaient.

Je crois que je m'étais attendue à un peu plus de chaude émotion. La mienne se glaçait tout doucement devant cette froideur.

Mon impatience, ma joie de le revoir, n'osaient plus s'exprimer, et les mille récits que j'avais à lui faire, les innombrables questions qu'il me tardait de lui adresser, s'arrêtaient sur mes lèvres interdites. Je me sentais en présence d'un étranger ; je comprenais instinctivement que, plus à la joie de me retrouver, il m'aurait moins détaillée.

La soirée s'écoula lentement. Il se montrait indifférent à tout ce qui l'entourait, regardant sans revoir, comme quelqu'un qui aurait oublié les choses et les habitudes, laissant passer inaperçus cette foule de détails qui composent l'intérieur et font la maison ; ne trouvant aucun plaisir à reprendre sa place à table, à retrouver son fauteuil au coin du feu, ne s'apercevant pas que dans les vases étaient les fleurs aimées, sur la table ses livres favoris, et ne reconnaissant pas, d'un seul mot de bienvenue, tout ce que j'avais mis tant de soin,

1.

depuis son départ, à conserver tel qu'il l'avait laissé, afin qu'à son retour il pût croire n'être jamais parti.

— Tu me sembles fatigué, Albert, lui dit sa mère, quand dix heures sonnèrent. Tu devrais aller te reposer ; demain nous aurons beaucoup à causer ensemble.

Il se leva et, se tournant vers moi, me demanda si je savais où étaient les journaux du matin, qu'il désirait emporter dans sa chambre.

— Je vais vous les apporter, lui dis-je ; ils sont restés dans le petit salon.

— Non, mais accompagnez-moi pour m'aider à les trouver, répliqua-t-il en ouvrant la porte et me faisant passer devant lui.

Cette pièce n'était qu'à demi éclairée, et sous les livres, les revues qui encombraient la grande table ronde, il me fallut chercher un moment avant de mettre la main sur ce qu'il désirait.

— Voilà, dis-je enfin en relevant la tête.

Il se tenait debout devant moi, immobile et distrait en apparence, tandis que je restais, la main tendue, en face de lui.

— Germaine, me dit-il à demi-voix, j'ai absolument besoin de vous parler et le plus tôt vaudra le mieux. Venez ici demain matin avant que ma mère ne soit levée. Vous m'y trouverez.

— J'y serai, lui dis-je tout émue sans savoir pourquoi.

Il me regarda longuement et parut réfléchir un moment.

— Oui, oui, répéta-t-il, il le faut.

Il prit ma main et la serrant dans les siennes avec force, comme on ferait de celle d'un ami plutôt que d'une femme :

— J'ai confiance en vous, Germaine. Mon repos, mon bonheur, dépendent de vous ; je vous parlerai à cœur ouvert, je sais que vous ne me trahirez pas. Mais pré-

parez vous à entendre des choses bien sur-
prenantes.

Il sortit, tandis que je regagnais le salon
toute tremblante, pour souhaiter le bonsoir
à ma tante.

Il me tarde d'être à demain. Que peut-il
avoir à me dire?

II

Je me suis habillée à la hâte, sans m'at-
tarder à aucun de ces soins que l'on aime
à donner à sa toilette quand on a ce grand
intérêt de vouloir plaire. La veille encore,
c'était avec joie et longuement que je
m'étais occupée de ces moindres détails,
me souvenant de la coiffure qu'il aimait,
des couleurs qu'il préférait, voulant être
belle pour lui. Il me semblait maintenant
que tout ce qui concernait ma personne
était sans importance, et je pressentais vaguement que ce n'était pas de moi qu'il
avait à me parler. Je descendis, exacte au

rendez-vous. Il était là déjà, debout devant
la cheminée. Je fus frappée du changement
qui s'était opéré en lui dans ces deux ans,
et dont la veille je ne m'étais pas entièrement rendu compte, toute à l'émotion du
revoir. La tête, qu'il tenait appuyée dans
sa main, exprimait la fatigue ; ses grands
yeux noirs, ordinairement si doux, avaient
quelque chose de plus sévère qu'autrefois ;
son front semblait pâli sous ses épais cheveux châtains ; sa bouche n'avait plus le
même sourire, une certaine mélancolie s'y
mêlait ; mais cela même lui donnait un
charme étrange. Il vint au-devant de moi,
prit ma main en s'inclinant, et me conduisit
à un canapé qui se trouvait à l'angle du
salon ; puis, attirant tout auprès une petite chaise très basse, il s'y assit presque à
mes pieds. Nous étions très près l'un de
l'autre ; il se pencha vers moi et fort bas :

— Germaine, dit-il, c'est une étrange
faveur que celle que j'ai à vous demander.

Tout autre, à ma place, en eût sollicité une contraire. Germaine, je vous en supplie, refusez de m'épouser...

Et comme je le regardais, muette d'étonnement, cherchant sur son visage le sens de ses paroles, il continua :

— Ce mariage est impossible... J'en aime une autre, et je ne saurais sans commettre un crime mettre une main parjure dans votre main loyale...

Tout se brisait en moi ; car si une autre avait son affection, lui possédait toute la mienne. L'absence qui m'avait effacée de son souvenir n'avait servi qu'à me le rendre plus cher, et, depuis son retour, j'avais compris que le sentiment que j'éprouvais était aussi passionné que profond. Cependant je ne pouvais hésiter.

— Vous êtes libre, Albert, lui dis-je, lorsque enfin je trouvai la force de répondre. Je vous rends votre parole.

Il reprit :

— Germaine, vous ne comprenez pas, ce n'est pas assez. Nous sommes engagés l'un à l'autre ; le refus de tenir cette promesse ne peut pas venir de moi. Il serait une insulte de ma part, et, d'ailleurs, ma mère n'y consentirait pas. Vous, vous seule, pouvez me dégager en déclarant que vous ne sauriez devenir ma femme, parce que vous ne m'aimez pas, parce que vous en aimez un autre...

— Alors dire ce qui n'est pas ! m'écriai-je.

Puis m'apercevant de l'aveu que renfermaient ces paroles, je m'arrêtai, tandis que je sentais une vive rougeur inonder mon visage.

Il me regarda un moment de son œil profond, interrogateur.

— Cela ne sera toujours pas un bien gros mensonge, dit-il ; car vous ne pouvez avoir que de la compassion pour un homme assez insensé pour ne pas apprécier le bonheur qui lui était réservé, et si votre

cœur est libre aujourd'hui, il sera trop
sollicité pour rester longtemps inoccupé.
D'ailleurs, je vous le répète, cela seul peut
me sauver, cela seul peut décider ma mère
à rompre ce mariage, à permettre que je
forme une autre union. Germaine, je vous
en conjure...

— C'est vrai, répondis-je, cela seul peut
vous rendre la liberté ; et, pourtant, laissez-moi vous l'avouer, s'il m'est douloureux
de vous perdre, il me l'est plus encore de
manquer à la vérité.

— Je le sais, jamais un mot qui ne fût
droit et sincère n'a passé sur vos lèvres et
jamais aussi l'ombre d'un doute n'a plané
sur ce que vous aviez affirmé. Mais c'est
pour cela même que nul soupçon ne viendra
troubler le cœur de ma mère. Ayant en
vous une confiance absolue, elle croira tout
ce que vous lui direz. Redevenu libre, elle
me pardonnera un autre mariage, elle le
bénira.

Je gardais le silence. Ce qu'Albert réclamait de moi m'inspirait une invincible répugnance. Dire ce qui n'était pas, tromper
celle qui m'avait servi de mère et qui
avait une foi si complète en moi, enfin
renier ce que j'aimais, trahir mon amour en
affirmant qu'il n'existait pas, supposer, ce
qui était impossible, une autre affection :
tout cela me faisait horreur ; je ne pouvais
m'y résoudre.

— Il faut que je vous dise tout, Germaine,
reprit mon cousin, afin que vous compre-
niez bien, si vous y consentez, quel est le
sacrifice que vous me ferez. Je suis riche,
vous ne l'êtes pas. Ma mère a tenu à ce que
vous ignoriez la différence de fortune qui
existe entre nous, d'autant mieux que c'était
un fait sans importance lorsque vous deviez
être ma femme. Mais aujourd'hui, il faut
bien que vous sachiez que si votre générosité me rend la liberté, vous demeurez
pauvre… et voilà ce qui me trouble pro-

fondément en vous demandant de me refuser votre main, ce qui fait que, pour ma
part, je ne puis rompre ce mariage.

Je ne devais plus hésiter après ces paroles.

— Je vous remercie, lui dis-je, de votre
franchise. Mais vous pouvez croire que ce
que vous venez de m'apprendre ne fait que
m'affermir dans ma détermination. Vous
êtes libre et dès aujourd'hui je parlerai à
ma tante comme vous le désirez.

— Ah ! s'écria-t-il avec le suprême
égoïsme de l'amour, je vous devrai mon
bonheur !

— Vous l'aimez donc bien ? fis-je, mor-
due au cœur par une amère jalousie.

— Si je l'aime ! plus que ma vie, plus
que mon honneur !

— Trop alors...

— Oui, trop, si de telles choses peuvent
se mesurer.

— Mais, du moins, Albert, elle est digne
de vous, digne du nom de votre mère ?

— Du nom de ma mère ! répéta-t-il, en
se voilant le visage de ses deux mains ; et il
resta un moment ainsi, abîmé dans ses
réflexions... Voulez-vous voir son portrait ?
dit-il, quand enfin il releva son front péniblement contracté. Vous me direz ce que
vous en pensez.

— Mon Dieu, murmurai-je tout bas, il
me croit donc tout à fait indifférente. Je fis
un effort cependant et pris dans ma main
le petit médaillon qu'il me tendait en me
levant pour aller le regarder dans l'embrasure de la croisée, afin de dissimuler mon
trouble. C'était une image hautaine et fière
que celle qui s'offrait à mes regards voilés
de larmes. Les grands yeux sombres, la
bouche pleine de dédain, la beauté orgueilleuse à force d'être sûre d'elle-même, m'in-
spiraient plus d'effroi que de sympathie.

— Comme elle me ressemble peu !
m'écriai-je naïvement, frappée du contraste
entre elle et moi.

Debout près de moi, Albert me contemplait, rêveur. Il soupira profondément.

— Il serait difficile de dire laquelle est la plus belle, car vous êtes charmante, Germaine, avec votre expression si douce, votre sourire si fin, vos manières empreintes de tant de grâces. Je suis peut-être un insensé d'avoir méconnu tout cela. Mais vous ne savez pas ce que c'est que la passion quand elle s'empare du cœur avec sa toute puissance. La prudence, la sagesse, l'idée du devoir, tout s'efface.

— J'espère de toute mon âme, Albert, que vous serez heureux. En tous cas, n'oubliez pas que vous aurez toujours en moi la meilleure de vos amies.

— Vous êtes bonne et généreuse. Il y en a qui à votre place m'auraient haï

— Oui, celles qui aiment mal.

— Peut-être — ou autrement. — L'amitié ne sent pas comme l'amour et sait mieux s'affranchir de la jalousie.

Je ne répondis pas, blessée par ces paroles. Je me sentais méconnue ; il me semblait qu'il aurait dû comprendre au moins ce qui se passait en moi, ce que je souffrais en silence, car était-ce donc de l'amitié seulement ce que j'éprouvais pour lui ? et ce sentiment qui me donnait le courage de m'oublier pour ne songer qu'à lui obéir, qui me rendait cher son bonheur aux dépens du mien, me montrant une âpre consolation dans le sacrifice, est-ce qu'il n'avait pas un autre nom ? est-ce qu'il n'était pas digne aussi de s'appeler de l'amour !

Il prit ma main et, s'approchant de moi, mit un baiser de frère sur mon front.

— Vous me pardonnerez, Germaine, dit-il, vous me pardonnerez, n'est-ce pas ? car je suis coupable envers vous, je le sens bien, mais que pouvais-je faire ?

IV

Que pouvait-il faire? me demandais-je,
quand la porte se fut refermée derrière lui
et que je me retrouvai seule à la place où
j'étais restée, accablée de fatigue et d'émotion, que pouvait-il faire en effet? Ne
m'aimant pas, en aimant une autre, n'avait-il
pas raison, mille fois raison, de me demander de lui rendre sa parole? Oui, il était
évident qu'il ne devait pas m'épouser. Mais
j'aurais préféré de beaucoup qu'il eût eu le
courage de rompre lui-même le mariage
projeté, qu'il ne m'eût pas condamnée à
faire ce qui répugnait à mon cœur comme

à ma consceince, une trahison et un mensonge. Me séparer de la vérité, cela m'était
affreux; il me semblait que c'était faillir.
En y songeant, je me sentais déchue. Puis
je me disais aussi que peut-être il aurait
pu, mieux attaché à son devoir et se consi-
dérant comme lié à moi par un engagement sacré, garder sa pensée de s'égarer sur
une autre, se défendre de l'infidélité, alors
même que nous n'étions pas encore unis,
que dis-je? fuir le danger dès qu'il l'avait
vu naître. Car enfin si la passion est ce
maître invincible qui ne reconnaît nulle loi
et ne respecte aucune barrière, quelle est la
sécurité même au sein du mariage? Ne
serait-elle pas venue, cette passion toute
puissante, me le dérober au coin du foyer
domestique? le prendre jusque dans mes
bras? Et s'il en était ainsi, si tout devait
s'incliner devant elle, alors l'homme n'était
donc pas libre et la vie n'avait plus de
responsabilité? Non, cela ne devait pas

être. Il n'est pas de devoir au delà de la force humaine. Il est possible de porter toute chaîne faite de la main de Dieu. Est-ce qu'Albert avait manqué à comprendre cela? Est-ce qu'il n'avait pas su trouver en lui l'énergie qui triomphe, la volonté qui sauve? Douloureuses questions que je craignais d'approfondir, car il m'est cher, et ce serait le perdre une seconde fois, et plus cruellement encore, que de ne pas conserver du moins toute mon estime pour lui. Non, il vaut mieux que je me dise qu'il a raison et que, s'il ne m'aime pas, cela doit être ma faute. Mais pourvu qu'il soit heureux! pourvu qu'elle l'aime véritablement, il me semble que j'aurais su, moi, lui donner du bonheur et de l'amour, amour humble peut-être, mais réel, fait d'une admiration sans bornes, d'un dévouement absolu, de la foi en lui, de la foi enthousiaste, aveugle, soumise. Est-ce ainsi qu'elle l'aimera, pour

lui, ou bien... car il doit y avoir plusieurs
manières d'aimer.

Mais à quoi bon tout cela? Pourquoi m'a-
bîmer dans ces pensées inutiles? Il me faut
songer maintenant à tenir la promesse que
j'ai faite, il le faut. Je vais aller trouver
ma tante, et que Dieu me donne du courage !

V

Madame de Lermont achevait sa toilette
quand je frappai à la porte de sa chambre.
Elle s'était faite, il me semble, plus belle ce
matin-là qu'à l'ordinaire, sans doute à cause
du retour d'Albert et comme pour un jour
de fête. Ses cheveux, si complètement
blancs qu'on aurait pu les croire poudrés,
encadraient de leurs boucles courtes et régulières son front calme. Elle avait été d'une
beauté remarquable; elle en gardait encore
la trace, et son visage, aux lignes pures et
correctes, était empreint de la plus parfaite
sérénité. Son sourire, son regard, respi-

raient la bonté ; à leur bienveillance ordinaire s'ajoutait en cet instant l'expression
d'une joie profonde qui, comme les vives
lueurs d'un beau soleil couchant, éclairait
d'un éclat inusité toute sa personne douce
et noble.

— Comme vous voilà matinale, ma
chère enfant! dit-elle en m'embrassant.
Mais je ne m'en plains pas ; nous avons à
causer. Voyons, asseyez-vous là et dites-moi
comment vous avez trouvé notre voyageur ?

J'étais profondément troublée ; cependant
je fis un effort suprême.

— Ma bonne tante, lui dis-je, je venais
précisément pour vous parler de lui.

Elle me regarda avec surprise, ne s'attendant pas sans doute à tant de franchise,
ou frappée peut-être du ton sérieux de mon
langage.

— Oui, continuai-je, pour vous parler de
lui ; et d'abord, laissez-moi implorer votre

pardon pour la peine que je vais vous causer, j'en suis sûre, car, dans votre tendre
affection pour moi, vous vouliez bien déjà
vous considérer comme ma mère...

— Sans doute, Germaine, mais où voulez-vous en venir ?

Je me laissai glisser à ses pieds, et prenant ses deux mains dans les miennes, tandis que je cachai mon front sur ses
genoux :

— Eh bien, ma tante, ma mère, laissez-
moi malgré tout vous donner ce nom, il
faut que je vous dise que ce mariage ne se
peut pas. Je ne dois pas devenir la femme
de votre fils, puisque je ne l'aime pas, puisque j'en aime un autre...

Ma tante me regardait avec stupeur, se
demandant sans doute si j'avais perdu la
raison, tandis que je répétais ces mots
étonnants :

— Oui, j'en aime un autre.

— Un autre ? Mais Germaine, ma pauvre

2.

enfant, que signifie tout cela ? Hier encore,
vous vous réjouissiez de son retour, vous
vous montriez heureuse à la pensée de ce
prochain mariage. Qu'est-il donc arrivé?
Comment a-t-il fait pour vous déplaire
ainsi ? Est-ce en le revoyant que vous avez
senti naître cette antipathie ?... Cher
Albert, c'est sans doute parce que je
suis sa mère que je ne puis comprendre
qu'on ne l'aime pas, lui qui me semble
si bien fait pour inspirer une ardente
affection. Je crains que vous ne soyez
égarée par quelque illusion. Vous dites que
vous en aimez un autre, et ma sollicitude
pour vous cherche qui ce peut être. Je ne
vois personne autour de moi et ne me suis
jamais aperçue de rien. Il faut que ce soit
l'été dernier, pendant cette visite à votre
amie, Henriette de Kervausan, que vous
ayez rencontré cet inconnu qui a bouleversé votre cœur. Il m'en souvient maintenant, vous parliez souvent de son frère,

Gaston de Brémars. Vous le trouviez aimable... Ah ! ce doit être lui...

Ces suppositions me désespéraient et m'humiliaient à la fois.

— Je vous en conjure, lui dis-je, n'insistez pas sur ce sujet, ne m'interrogez jamais à cet égard. Tout ce qu'il m'est permis de vous apprendre, c'est que je ne puis pas épouser mon cousin...

— Germaine, dit ma tante, avec une dignité triste, si je n'avais pour vous une estime absolue, vos réticences, le secret que vous me faites, me donneraient d'étranges pensées. Mais j'en suis certaine, quelque soit le mystère dont vous vous enveloppiez, vous n'avez pas laissé s'engager votre cœur dans un sentiment dont vous deviez rougir, et, bien que vous me refusiez votre confiance et me causiez un cruel chagrin en brisant des espérances qui m'étaient très chères, je n'oublierai pas que vous êtes la fille de ma sœur ; je verrai toujours en vous mon en-

fant d'adoption. Mais, continua-t-elle avec
une infinie douceur, réfléchissez bien, je
vous en prie, à ce que vous faites. Il en est
temps encore. Ne craignez-vous pas de passer à côté du bonheur ? Nous vous aimons.
Albert eût été fier de vous appeler sa
femme. Il m'était doux de penser que vous
porteriez mon nom.

Et comme les larmes coulaient en silence
sur ma joue, sans qu'il me fût psssible de
trouver un mot à lui répondre, elle prit ma
tête entre ses mains et la relevant pour me
regarder bien en face :

— Voyons, mon enfant, me dit-elle. Est ce
bien vrai, tout cela? Êtes-vous bien décidée?

Je fis un signe affirmatif en baissant mes
yeux devant les siens.

— Eh bien, laissez-moi vous demander
une seule chose. Prenez un jour encore
pour réfléchir. Ce que vous faites est si
grave ! Demain vous me direz ce que vous
avez résolu.

Ce fut une forte tentation que j'éprouvai de lui avouer la vérité, de m'écrier : Tout cela est faux ; j'aime Albert. J'aurais été heureuse de devenir sa femme ! Ce n'est pas moi, c'est lui qui m'abandonne, c'est lui qui m'a dicté ces horribles paroles que tout mon cœur renie...

Mes lèvres s'entr'ouvrirent pour parler. Je n'osai ; j'avais promis ; je ne voulais pas le trahir. Il comptait sur moi ; récompenserais-je ainsi sa confiance ? Puis, il était riche, j'étais pauvre. Je m'en souvins à temps et gardai le silence.

— A demain donc, lui dis-je.

Je me levai, pris sa main, la baisai et m'enfuis.

VI

Je me suis enfermée dans ma chambre ;
là, j'ai pu enfin laisser couler mes larmes.
J'y éprouvais une sorte de douceur. Cela,
du moins, était la vérité. Alors seulement
je sentis l'étendue de mon malheur, je vis
devant moi ma vie brisée, je compris que
tout était rompu pour moi dans l'avenir
comme dans le passé, que j'avais à com-
mencer une existence absolument nouvelle,
ne se rattachant en rien à tout ce qui avait
précédé. L'inconnu m'effrayait, moi qui
avais eu ma destinée tracée à l'avance en
de douces perspectives. Privée de la chère

protection qui m'était assurée depuis si
longtemps, la pensée de la solitude m'en-
vahit dans toute son horreur. Il me semblait que mes épaules se courbaient sous le
terrible poids de la liberté et de la responsabilité. J'aurais voulu être délivrée de
moi-même ; et puis, enfin, je l'aimais, j'étais
jalouse, je pleurais mon bonheur perdu, son
affection envolée. Pourquoi nous avoir
éloignés l'un de l'autre? Pourquoi avoir
laissé cette femme se glisser sur son
chemin ?   Comment avait-elle pénétré
dans son cœur? Comment mon souvenir ne l'avait-il pas mieux défendu
contre elle? Mais, aussi, pourquoi n'étais-je
pas plus belle, pourquoi ne m'avait-on pas
appris à prendre plus de soin de ma personne? Et je revoyais sans cesse, m'efforçant en vain de la chasser de mon esprit,
l'image qu'Albert m'avait montrée, image
séduisante, fascinatrice, devant laquelle je
trouvais la mienne bien triste et pâle, tandis

que je la contemplais en pleurant dans le vieux miroir de Venise placé vis-à-vis de moi.

Un bruit de pas sur le sable du jardin, le son d'une voix bien connue, m'attirèrent à la fenêtre. Derrière le rideau de guipure, je vis madame de Lermont qui passait, appuyée sur le bras d'Albert. Elle marchait lentement, et, le visage tourné vers lui, les yeux levés sur les siens, semblait écouter ses récits avec cette admiration des mères, heureuse et fière. Il était grand et beau. Il semblait joyeux. N'avais-je pas promis ? Son chien suivait en gambadant derrière lui. Pourquoi n'étais-je pas au milieu d'eux ? Hier encore, j'aurais ouvert ma fenêtre pour crier : Attendez-moi ! et bien vite, j'aurais été les rejoindre. C'était une de ces splendides journées d'automne dont l'éclat est parfois si radieux. Ils s'assirent ensemble sur un banc, non loin de la maison. Je ne pouvais entendre leurs paroles, mais sur

leurs visages je lisais comme en un livre
ouvert, et il me semblait comprendre ce
qu'ils pouvaient se dire. Doux épanchements du retour, récits sans cesse recom-
mencés, projets d'avenir. Je contemplais la
figure de ma tante, belle de sérénité. Elle
avait dû autrefois connaître ce bonheur
qui, je le savais désormais, ne serait jamais
le mien. Elle avait dû être aimée, aimer à
son tour; elle avait épousé l'homme qui lui
était cher, et c'est pourquoi, forte de ces
souvenirs, elle avait gardé, quels qu'aient
été les chagrins venus plus tard, les pertes
essuyées aux cours de l'existence, ce sourire toujours sur les lèvres et cette lumière
dans les yeux. C'est pourquoi elle était restée bonne à tous, douce à la vie, reconnaissante envers Dieu. Puis je regardais
Albert. Il n'avait pas la même sérénité, il
ne semblait pas aussi bien qu'elle d'accord
avec lui même. Par moments il paraissait
sombre, distrait, ou bien il tombait dans

3

de longs silences, et je me disais : Il pense
à cette femme. Cependant je restais là, immobile, regardant toujours, songeant, pleurant tout bas. Alors le passé, les jours d'autrefois, mon enfance inconsciente et ma
jeunesse heureuse, tout ce qui avait été,
passa lentement devant moi, comme pour
me dire adieu. Les liens qui m'unissaient à
ces choses anciennes se rompaient un à un.
Ceci n'est plus, pensais-je, et cela est fini
sans retour. Et tous mes rêves aussi s'en-
volaient les uns après les autres. Ce nom
que j'avais dû porter, cette maison qui devait être la mienne, cette main dans laquelle
je croyais mettre ma main pour toujours,
cette mère excellente qui m'appelait déjà
sa fille : tout cela n'était plus à moi. On
eût dit que, morte, je n'avais gardé de la
vie que la faculté de contempler les biens
perdus...

Ils rentrèrent, la nuit tomba, et j'étais toujours là, le front contre la vitre, suivant mes

pensées. Je ne pus pas me résoudre à re-
descendre au salon, et quand la cloche du
dîner sonna, je fis dire à ma tante que je
la priais de m'excuser, étant un peu souffrante.

Le lendemain, après une nuit sans sommeil, je pris la plume, je n'avais pas le courage d'affronter un nouvel entretien et
j'écrivis ces lignes :

« Pardonnez-moi, je ne puis que vous répéter ce que je vous ai dit hier. Je ne dois
pas épouser Albert, puisque je ne l'aime
pas, et que mon cœur n'est pas libre.

« GERMAINE. »

Quelques heures plus tard, une voiture
roulait dans la cour, emportant le voyageur
qu'elle avait amené deux jours auparavant.
Quand le bruit s'en éteignit au bout de
l'avenue, je fondis en larmes. Déjà ! m'écriai-
je. Un moment après, on frappa légèrement

à ma porte, c'était ma tante. Elle vint à
moi, émue et grave, et m'embrassa.

— Albert est parti, mon enfant, me dit-
elle. Il m'a laissé le soin de vous faire ses
adieux. J'ai pensé, comme lui, qu'il vous
serait plus agréable de ne pas le revoir en
ce moment. Mais il m'a chargé de vous
dire qu'il vous considérait toujours comme
sa sœur. Nous entendons, lui et moi, que
vous soyez absolument chez vous ici, et
qu'un jour, après moi, ma fortune soit par-
tagée entre lui et vous, comme si vous étiez
ma véritable fille. Ainsi seulement croirai-je
ne pas manquer absolument à la promesse
que j'ai faite à votre mère mourante, à cette
sœur que j'ai tant aimée.

Et comme je voulais parler, elle mit sa
main sur ma bouche et continua :

— Il ne m'appartient pas, Germaine, de
vous interroger sur cette affection qui est
venue remplacer dans votre cœur celle que
vous aviez jurée à mon fils. Mais croyez que

je la respecterai toujours et que c'est avec
sincérité que je vous exprime mes vœux
pour votre bonheur...

Elle s'arrêta, semblant attendre la confidence sollicitée. Je baissai les yeux en
silence.

— Plus tard, quand vous voudrez, vous
me direz ce grand secret, certaine que ma
sympathie ne vous fera pas défaut... En
attendant, calmez-vous, comptez sur ma
tendresse.

Elle m'embrassa une fois encore, puis elle
sortit, me laissant plus malheureuse que
jamais, car à ma douleur se mêlait le
remords de la tromper et l'horreur de ce
mensonge détesté.

VII

Cet hiver s'est écoulé assez tristement;
la même confiance ne règne plus entre ma
tante et moi. Le soin qu'elle met à éviter
de me parler d'Albert met une contrainte
entre nous. Puis nous n'avons plus tant
d'intérêts communs, plus tant de chers
projets à caresser ensemble. Elle ne m'en
veut pas, mais je sens bien qu'elle éprouve
une sorte d'étonnement à mon endroit, qui
met une involontaire froideur dans nos
rapports. Pour rompre un peu cette gêne,
je suis allée passer quelque temps chez mon
amie, madame de Kervausan. Ma tante aura

encore pensé que c'était pour Gaston que
j'y allais. . . . .

. . . .

— Germaine, m'a dit madame de Lermont, lorsque je suis revenue, voici ma
grande nouvelle : Albert m'annonce qu'il se
marie. Ce n'est pas tout à fait ce que j'aurais voulu pour lui, une veuve, une étrangère, qui, je le crains, ne trouvera pas notre
intérieur fort à son goût et qui le retien-
dra plutôt là-bas, qu'il ne l'amènera ici. Lui
n'a que vingt-cinq ans, elle en a trente. La
marquise d'Aspromonte est une femme d'un
très grand monde, d'une beauté remarquable, fort connue dans la société romaine,
accoutumée à tous les succès. Je me la
représente difficilement entre nous. Ce
n'est pas là, vraiment, la fille que j'avais
rêvée... Mais Albert me dit qu'il est heureux, qu'il l'aime; je dois être satisfaite. Je
lui réponds en lui envoyant mon consentement. Dieu veuille que ce mariage soit béni !

Sa voix tremblait un peu. Je me sentis gagnée par son inquiétude. Ce mariage, n'en étais-je pas en quelque sorte responsable? N'y avais-je pas indirectement contribué? Et quelque chose me disait que ce n'était pas le bonheur qu'il devait amener. Ah! que deviendrais-je, si Albert était malheureux, si ma tante souffrait? Je ne songeais plus à moi, car, moi, il me semblait que déjà je n'existais plus. Mais pour lui je voulais toutes les joies de la terre, pour lui je me promis d'adresser chaque jour au Ciel mes plus ferventes prières.

. . . .

Ils sont venus passer quelques jours ici. Elle est bien belle, mais un peu froide, dédaigneuse. Elle paraît trouver plus de plaisir à dénigrer qu'à admirer. Son esprit moqueur, le don qu'elle a de s'apercevoir des moindres ridicules, son mépris pour tout notre entourage, m'intimident un peu. Et puis nous ne sommes pas habitués, nous

autres ruraux, à tant de recherche, à tant
d'élégance. Il me semble que notre vieille
maison si confortable, mais si simple,
regarde avec étonnement se dérouler dans
ses antiques salons tapissés de boiseries
sombres, sur ses escaliers aux rampes vermoulues, les longues traînes de ces merveilleuses robes, dont l'éclat et la fraîcheur
contrastent singulièrement avec ce cadre
austère. Ces brillantes toilettes, que j'admire
avec étonnement, ne conviennent guère à la
vie que l'on mène ici et la rendent même
difficile. Que de promenades il sembla, à
ma nouvelle cousine, impossible d'entre-
prendre, parce qu'un peu de rosée couvrait
le gazon ou que les feuilles tombées encombraient la terre. Parcourir nos bois, visiter
nos fermes, étaient d'ailleurs des plaisirs
qui ne la touchaient guère. Ma tante invita
quelques-uns de ses amis, dans l'espoir de
la distraire, mais elle déclara le lendemain
que rien ne lui semblait plus insipide que

la société de ces petits hobereaux qui, si
bien nés qu'ils fussent, n'avaient aucune
des façons du grand monde étranger qu'elle
était accoutumée à voir, et elle se plut à
les surprendre par des manières si singu-
lières qu'ils ne revinrent pas. Ni ma tante
ni moi, ne pûmes douter au bout de peu de
jours du mortel ennui que notre intérieur
inspirait à la jeune femme, qui s'efforçait
en vain de dissimuler son dédain sous une
cérémonieuse politesse. Il est bien certain
que pour s'accommoder de notre existence,
il faut avoir, comme nous, l'habitude de
s'occuper et le goût des champs. Les soirées
paraissaient interminables, malgré tous les
efforts de conversation, n'ayant pas un point
de contact, nulle habitude en commun. Au
bout d'un mois, ils partirent pour Paris.

— Comme vous devez peu vous amuser
ici, ma pauvre petite! me dit-elle en m'en-
brassant. Il faudra venir nous voir bientôt.

Albert me serra longuement la main en

me disant adieu. Je ne l'avais pas vu seul un instant, et tandis que la voiture les emportait tous deux, je me demandais, incapable de résoudre cette question : Est-il heureux ?

VIII

Plus d'une année s'est écoulée depuis qu'Albert est marié. Il vient rarement ; ses lettres sont courtes ; son nom autrefois toujours sur nos lèvres s'y retrouve moins souvent. Ma tante a vieilli ; sans avoir perdu de sa douceur, elle a perdu de sa gaieté, —gaieté charmante, chez une femme de son âge, parce que n'étant évidemment puisée dans aucune chose extérieure, elle avait ce charme infini d'être tout intime, tout personnelle, de ne venir en quelque sorte que de soi-même. Je vois parfois son regard attaché sur mon visage : tantôt il

semble interroger mes pensées, tantôt il
exprime une sorte de pitié pour moi, de
regret pour elle. Je m'imagine qu'elle se dit
qu'il est dommage que ce ne soit pas moi...
Mais à quoi bon songer sans cesse à cela ?

Un fils leur est né. Quand le verrons-
nous? Leur visite, toujours annoncée, se
trouve toujours remise.

. . . .

— Enfin, vous voilà de retour, dit madame
de Lermont, tandis que, sortant ce matin de
l'église, où nous avions assisté à la messe,
elle passait devant le banc qu'occupait
notre voisin, le comte de Renzais.

Celui-ci prit la main qu'elle lui tendait;
puis, s'inclinant profondément devant moi :

— Oui, madame, me voilà revenu, et
pour longtemps, je l'espère. Elle va tout à
fait bien maintenant, ajouta-t-il, en nous
montrant une charmante enfant de six ans,

sa fille, dont la santé l'avait obligé, depuis quelques années, veuf et seul pour la soigner, à habiter constamment les pays chauds. Puis-je sans indiscrétion venir vous voir cette après-midi et vous amener Berthe?

— Sans doute, aujourd'hui et très souvent, répliqua ma tante. Ainsi, au revoir!

Et descendant à mon bras les marches usées du vieil escalier de pierre à demi caché sous l'herbe et la mousse, elle monta dans sa voiture, qui attendait devant la porte, entourée de bonnes gens d'alentour qui désiraient les uns la saluer, les autres réclamer quelques secours. Elle eut un mot bienveillant pour chacun, un sourire ou une aumône, tandis que je prenais place à ses côtés. Debout sur le porche se dessinait la haute taille de M. de Renzais, qui se tenait là, attendant notre départ, la tête nue, grand et droit, la main de sa fille dans la sienne. Je fus frappé de son air simple et

digne, de l'expression grave et douce de
son visage, tandis qu'il nous adressait un
dernier salut, comme nous nous éloignions.

L'enfant toute vêtue de blanc, avec ses
cheveux blonds tombant dénoués sur ses
épaules, et ses yeux bleus rieurs, faisait
ressortir encore la mâle figure de son père.

La matinée était belle. Le chaud soleil
de juillet, dans toute sa force à cette heure,
éclairait en plein un radieux paysage. —
Sur le ciel d'un bleu vif se détachaient le
clocher de l'église, et un peu plus loin la
croix d'or qui surmontait la maison des
sœurs ; devant les portes, en habits de fête,
les enfants étaient assis, joyeux, les grands
gardant les petits. Pas une croisée qui ne
fût ouverte et sur toutes quelques vases de
fleurs ; à chaque chaumière, sa guirlande
de roses grimpantes, de chèvrefeuille ou de
glycine ; et dans les cours, les jardins, cet
air de propreté qui appartient au dimanche. Puis, au delà du village, les larges

champs tout dorés qui attendaient la
moisson, les grands carrés de vigne qui
commençaient à mûrir et, plus loin, au fond
de l'horizon, comme une verte ceinture, les
bois qui s'appuyaient au coteau.

L'air pur, ces rayons, ces parfums, cette
nature joyeuse, m'envoyèrent au cœur
comme une bouffée de jeune espérance. Il
me sembla tout-à-coup que ma vie n'était
pas finie encore, que l'avenir me gardait
l'inconnu. Un bonheur vague, mystérieux,
sans nom, sans cause, se répandit en moi,
me réconciliant avec ma destinée, me rendant le goût de l'existence.

— Déjà ! m'écriai-je quand la voiture
s'arrêta devant le perron du château, ces-
sant de bercer mes rêves.

— Il est midi, dit ma tante, et nous
allons déjeuner tout de suite, car je m'at-
tends, à voir arriver nos amis de bonne
heure.

— Ah ! c'est vrai, répondis-je, ils vont

venir. Figurez-vous que j'avais tout à fait oublié l'existence de M. de Renzais ; absent depuis si longtemps, c'est presque un étranger pour moi. Mais je me souviens cependant que, dans mon enfance, il me causait une certaine terreur. Cela vient sans doute de son extérieur froid et de ses manières graves. Ne lui trouvez-vous pas, ma tante, l'air un peu effrayant ?

— Non certes, dit en riant madame de Lermont, et lorsque vous le connaîtrez mieux, vous découvrirez en lui, j'en suis sûres, des qualités réelles qui vous inspireront comme à moi une véritable confiance. Mais, en effet, jusqu'ici vous n'avez pu les apprécier beaucoup. Agé d'une quinzaine d'années de plus que vous, attristé par le malheur qu'il a eu de perdre sa femme au bout de quelques mois de mariage, forcé de s'expatrier à cause de la santé délicate de son unique enfant qui réclamait les climats chauds, il n'a pu vous laisser qu'un bien imparfait souvenir, et pourtant c'est, vous le verrez, un ami sûr et dévoué qui nous revient. Que de fois n'ai-je pas pensé que j'aurais voulu, sous bien des rapports, qu'Albert lui eût ressemblé !...

IX

Deux heures achevaient de sonner à l'horloge quand la voiture de M. de Renzais apparut au bout de l'avenue. Nous étions installées au jardin, à l'ombre d'un grand cèdre, sous les énormes branches duquel un large banc, une table et des sièges de tous genres semblent inviter à se réunir. C'est un lieu charmant : d'un côté la pelouse inondée de lumière et de soleil avec ses corbeilles variées, qui semblent d'immenses bouquets ; de l'autre, les sombres allées du parc, traçant leurs longues lignes droites qui semblent enfermer un bout de l'horizon.

Le comte qui s'était empressé de mettre pied à terre, vint nous rejoindre, suivi de Berthe.

— Comme tout a prospéré ici, dit-il, en promenant ses regards autour de lui. Vos ombrages et vos gazons, madame, ne m'ont jamais paru si beaux. Voilà ce que c'est que de rester fidèle à son foyer. La vie des champs rend beaucoup à ceux qui lui donnent. Mais quand un voyageur, absent depuis des années, rentre, comme moi, tout à coup sous son toit déserté, je vous assure qu'il le retrouve singulièrement désolé. Je me sens presque un étranger à ma table, un visiteur au coin de mon feu. Et puis, quel désordre! C'est tout juste s'il y a moyen d'ouvrir les fenêtres envahies par le lierre et la glycine, et c'est à grand'peine que l'on se fraye un passage par nos chemins encombrés d'herbes de toute sorte. J'avais défendu que l'on touche à rien pendant que je n'étais pas là, mais mes braves ser-

viteurs ont poussé le respect de mes ordres
à l'extrême.

— Il me semble que ce doit être charmant, dis-je.

— Vous croyez, mademoiselle?... Charmant, mais fort triste. On dirait vraiment
le palais de la Belle au bois dormant.

— Je voudrais bien le voir pendant qu'il
est encore enchanté, m'écriai-je.

— Eh bien, venez-y, et il ne sera plus
triste, mais seulement charmant.

— Vous voyez qu'il faut renoncer à cette
vie errante, reprit ma tante. Elle n'a plus
de motif, d'ailleurs, puisque Berthe va tout
à fait bien ; je lui trouve une mine parfaite.

— En effet, madame, la voilà tout à fait
en bonne voie ; aussi désormais je ne bouge
plus. Rester ici, m'y refaire un intérieur,
tel est mon rêve.

Et il se tourna de mon côté, comme si
ces paroles se fussent adressées à moi.

— Ne vous ennuierez-vous pas d'une vie si calme ? lui demandais-je pour y répondre.

— Non, certes, si elle n'est pas vide.

— Elle ne le sera pas, dit ma tante, avec un devoir et des affections.

— Ah ! oui, fit-il avec un soupir, des affections.

Il y eut un moment de silence ; il nous eût paru indiscret, je le crois, à toutes deux de le rappeler au présent, tandis qu'il semblait tout bas remonter ses souvenirs. Ce fut Berthe qui prit la parole, et, comme si elle eût répondu à ses pensées non exprimées ;

— Cher papa, dit-elle, en se rapprochant de lui, nous viendrons ici souvent, n'est-ce pas ?

— Oui, mon enfant, le plus souvent possible. Puis, posant sa main sur la tête blonde : Une affection, un devoir, je les ai là, et pourtant cela ne me suffit pas. Je me le reproche quelquefois...

— Le cœur n'est pas maître de ne pas souffrir, répliqua doucement ma tante. Tout ce qu'il peut faire est de se résigner. Mais l'isolement est une cruelle chose.

— Voulez-vous venir vous promener avec moi, dis-je à la petite Berthe, qui écoutait sans comprendre, ouvrant ses grands yeux étonnés, tandis que son visage prenait une expression attristée en voyant s'assombrir celui de son père.

— Oh ! bien volontiers, mademoiselle, s'écria-t-elle joyeusement en s'emparant de ma main ; et nous nous éloignâmes. Rien ne me fait de la peine comme de voir l'enfance privée de gaieté, et d'ailleurs il me semblait, à quelques regards échangés entre eux, que ma tante et M. de Renzais seraient bien aises de causer seuls.

J'entraînai donc Berthe assez avant dans le parc, et son aimable babillage, ainsi que mille pensées confuses qui venaient de naître en moi, me firent bientôt oublier

que le temps s'écoulait rapidement et qu'il
serait peut être convenable d'aller rejoindre madame de Lermont et son hôte. Je
m'étais assise sur un banc de mousse, tandis que l'enfant courait à droite et à gauche,
ramassant une foule de fleurs des bois
qu'elle venait ensuite jeter sur mes genoux
pour que je l'aidasse à en faire des bouquets et des couronnes. Ma main tressait ma-
chinalement ensemble les marguerites et les
pervenches, mais mon esprit était ailleurs,
bien loin. Je ne sais pourquoi je me répétais
les paroles prononcées quelques instants
auparavant par M. de Renzais, nous montrant sa fille, en disant : « Cela ne me suffit
pas ; » et il me semblait comprendre ce
qui lui manquait. La même souffrance que
lui, celle de la solitude intérieure, est-ce
que je ne l'éprouvais pas aussi ?

Tandis que je songeais ainsi, je vis tout
à coup le comte debout devant moi, m'en-
veloppant d'un long regard.

— Il me semble que vous nous oubliez tout à fait, dit-il ; madame de Lermont m'envoie vous chercher, et j'apporte un châle pour Berthe, ajouta-t-il, en jetant sur ses épaules et nouant autour de sa taille, avec une adresse toute maternelle, une légère écharpe de barège blanc. Il se fait tard ; il faut que je vous quitte, et je vous ai vue à peine.

— Prenez-vous en, lui dis-je en lui montrant sa fille, à la petite fée que voilà. Elle m'a si bien captivée, que j'ai vraiment oublié l'heure.

— Je vais en être jaloux alors, répliqua-t-il, tandis qu'il caressait le joli visage animé qui se tournait vers lui. Cependant je dois vous remercier, car il me semble que la promenade et le plaisir lui ont fait grand bien. Voyez quelles belles couleurs !

— Il faudra me la confier souvent, répondis-je. Voulez-vous, Berthe ?

— Vous ne savez pas ce que je voudrais,

4

répondit-elle, je voudrais que vous soyez
ma sœur.

— Une bien grande sœur, par exemple.
Savez-vous, chère petite Berthe, que je
pourrais plutôt être votre mère, dis-je un
peu étourdiment.

M. de Renzais était devenu excessive-
ment pâle, et moi, par contre fort rouge,
je crois, dans la confusion de ma mala-
dresse.

— Je veux emporter tous mes bouquets
et toutes mes couronnes, dit la petite fille.

Je me baissai pour les ramasser, et le
comte m'y aidant, nos visages se touchè-
rent presque, nos regards se confondirent.
Je me sentis de plus en plus troublée, et
je m'en voulais de l'être.

— Allons, il faut retourner auprès de
ma tante, dis-je.

Et, me levant, nous reprîmes le chemin
du château. Je tenais la main de l'enfant
dans la mienne. Elle donnait l'autre à son

père et nous marchions ainsi tous trois le
long des vertes allées.

— Je compte sur vous pour dîner demain,
dit madame de Lermont quand le comte
s'inclina devant elle en prenant congé.

X

— Germaine, me dit ma tante quand ils
furent partis, j'ai à vous parler sérieusement. Vous vous doutez peut-être de ce que
je dois dire?

— Nullement.

— Eh bien, sachez, ma chère enfant,
que c'est pour vous et pour vous seule que
M. de Renzais est revenu.

— Pour moi!

— Ses sentiments datent de loin. Il me
les a confiés il y a plus de trois ans, ne
sachant pas alors que vous étiez la fiancée
d'Albert. En l'apprenant, sa douleur fut

grande, car son espoir le plus cher avait été de vous voir devenir sa femme. Je ne crus pas devoir vous en parler alors, n'imaginant pas que vous auriez pu consentir à rompre ce solennel engagement... vous supposant heureuse de la décision prise. Lui, de son côté, ne chercha pas à l'ébranler. Il s'inclina devant cette chose résolue et promise comme devant un fait accompli, et prit le parti de s'éloigner dans l'espoir de vous oublier.

— Est-il bien possible, m'écriai-je, ce fut à cause de moi !

— Sa surprise fut grande en apprenant, il y a deux ans, la rupture de votre mariage. Il m'écrivit pour en savoir la cause, et je me hâtai de lui dire qu'elle venait entièrement de vous, car je n'aurais pas voulu qu'il pût supposer un instant qu'Albert vous eût dédaignée.

— Comment ma tante, vous lui avez laissé savoir... ?

4.

— Toute la vérité, mon enfant. Aussi
bien, cela était mon devoir, puisqu'il vous
aimait toujours, que d'agir avec une entière franchise envers lui. Je n'ai donc pas
cru qu'il me fût permis de lui laisser ignorer que vous m'aviez donné pour motif de
votre résolution le sentiment que vous
éprouviez pour un autre. Je lui dis en
même temps que je n'en savais pas davantage et n'avais jamais découvert quel était
l'objet de cette affection. Je crains même,
ai-je ajouté en terminant ma lettre, que
la pauvre enfant n'ait éprouvé quelque
déception de ce côté, car elle m'a paru fort
triste depuis lors, et enfin aucune démarche n'a été faite auprès de moi.

— C'est navrant, me répondit-il, et
pour moi, c'est la perdre une seconde fois.
Lorsque je la savais promise à votre fils,
je me soumettais, quel que fût mon amour
pour elle, à ce qui me semblait être la
volonté divine. Mais savoir que, tandis que

j'avais enseveli dans un respectueux silence
mes sentiments, mes regrets, un autre
assez hardi pour parler est arrivé jusqu'à
son cœur et nous l'a prise à tous, prise
sans la rendre heureuse... voilà ce qui est
douloureux... Mais qu'avez-vous Germaine ?

— Rien, ma tante, rien. Seulement il
m'est fort pénible de penser que M. de
Renzais soit aussi bien instruit de choses
aussi intimes et qui me concernent d'une
manière si personnelle.

— Sans doute, mais pouvais-je, ma
chère enfant, lui dissimuler tout cela,
puisqu'il vous aime toujours, puisqu'il me
demande la permission de vous le dire et
qu'il me supplie de lui accorder votre
main en l'autorisant à la solliciter lui-
même? J'ai pensé qu'avant de lui laisser
faire cette démarche qui l'engagera vis-à-
vis de vous, il fallait absolument qu'il
connût toute la situation. Sa franchise à
mon égard commandait la mienne.

— Oui, c'est vrai, ma bonne tante, vous avez eu raison ; et qui sait d'ailleurs si cette terrible confidence n'aura pas changé les idées de M. de Renzais et ne l'aura pas déterminé à renoncer à moi?

— Je ne le crois pas. Il vous plaint en pensant que vous avez eu quelque déception, et il me paraît fort résolu à faire tous ses efforts pour conquérir votre cœur, s'il est devenu libre. J'ai cru devoir vous faire part de tout cela, afin que vous vous interrogiez vous-même et aussi pour que vous observiez le comte plus attentivement que vous ne l'auriez fait ne sachant rien.

— Et vous, ma tante, qu'en pensez-vous?

— Je pense, Germaine, que je serais heureuse de vous confier à lui. C'est un homme d'honneur, et, ce qui n'est pas à dédaigner, un homme qui vous aime sincèrement. Je vieillis, ma chère enfant; je puis vous manquer plus tôt que je ne le

voudrais. Que deviendriez-vous toute seule
ici? Puis, enfin, je persiste à le croire, le
mariage est la destinée des femmes. Enchanteur, lorsque c'est l'amour qui le
forme, il a ses douceurs et ses joies, alors
même qu'il ne se fonde que sur une estime
réciproque et un mutuel bon vouloir. Un
intérieur, des enfants, des devoirs réels,
une tâche positive : voilà des satisfactions
qui sont à la portée de presque toutes les
femmes. Mais je veux espérer que vous
aurez des joies meilleures encore, et que
la tendresse passionnée qu'a M. de
Renzais pour vous ne sera pas sans
éveiller un écho dans votre propre cœur.

Mes larmes coulaient en silence, goutte
à goutte. Les paroles de madame de Lermont me rappelaient ces joies que je m'é-
tais promis autrefois de trouver dans
mon union avec Albert.

— Mais enfin, lui dis-je, ce n'est pas,
je pense, tout de suite qu'il va demander

ma main. Je le connais à peine et je ne
l'ai jamais considéré à ce point de vue.

— Soyez tranquille, il a trop de délicatesse pour cela. Il demande seulement la
permission de vous voir, la possibilité de
se faire aimer. Voilà deux ans qu'Albert
est marié, et, pendant ces deux ans, M. de
Renzais a attendu sans parler, sans revenir, pensant comme moi qu'un autre, celui
que vous aviez choisi, allait se présenter.

— Il ne se présentera pas, dis-je, et je
m'enfuis, craignant de trahir mon secret,
de ne pouvoir résister à la tentation de
tout avouer à ma tante.

Je m'endormis tard ce soir là, pour-
suivie bien avant dans la nuit par mes
pensées. Je songeais à M. de Renzais, qui
m'aimait à mon insu depuis longtemps
déjà, je songeais à cet air sérieux qui me
troublait autrefois et qui cachait un souci
dont j'étais l'objet, une tristesse dont
j'étais la cause. Je me souvins alors,

de certains regards, de certains accents
qui autrefois m'avaient singulièrement
frappée. Je compris le véritable motif de
sa froideur voulue à mon égard, de son
départ, de son absence, où j'avais autant
de part que la santé de Berthe. Et puis
aussi je compris par quel mystérieux instinct je m'étais trouvée heureuse le matin
même, au sortir de la messe, en le revoyant, heureuse de n'être plus seule,
comme si je sentais une invisible tendresse
planer sur moi. Mais à quoi bon tout cela,
que devait-il supposer? N'étais-je pas à jamais perdue dans son esprit? Ah! je n'avais
pas prévu les conséquences, tandis que
je répétais docilement les paroles dictées
par Albert. Je ne m'étais pas rendu compte
que c'était mon avenir que je compromet-
tais, mon honneur peut-être que je pouvais faire soupçonner. Que m'eût importé
d'ailleurs, alors même que j'eusse pressenti
toutes ces choses! Est-ce que dans ce dé-

sespoir immense, devant cette soudaine déception, je m'occupais de moi, j'imaginais
un lendemain? Tout n'avait-il pas disparu
à mes yeux devant cet unique soin :

Obéir à celui que j'aimais, obéir en brisant ma vie comme il avait brisé mon
cœur...

XI

— Qu'en dites-vous, Germaine, demanda
madame de Lermont quelques jours plus
tard, le temps est singulièrement beau aujourd'hui et je me sens assez vaillante. Ne
serait-ce pas le cas d'en profiter pour aller
rendre visite à M. de Renzais, qui, plusieurs
fois déjà nous a rappelé que nous le lui
avions promis. Cela vous sourit-il?

— Beaucoup, ma tante, d'autant mieux
que, si nous tardons trop, toute la sauva-
gerie du lieu aura disparu sous la main des
jardiniers.

— Eh bien, alors, faites commander
qu'on attelle et conduisez-moi vous-même,

s'il vous plaît, dans votre panier avec les
poneys. Ce sera plus gai, et si le chemin
n'est pas des meilleurs, cette légère voiture
s'en tirera plus facilement.

Le chemin n'était pas trop bon, en effet.
Il fallut souvent nous courber entièrement
pour passer sous les branches qui s'entre-
croisaient sur nos têtes et, çà et là, nous
fouettaient le visage, en nous inondant
d'une pluie de feuilles; à droite et à gauche, les grands genêts en fleurs et les hautes fougères nous laissaient à peine un
étroit passage, tandis que les chevaux fou-
laient sans bruit le sol couvert de mousse.
Il est vrai qu'au lieu d'avoir pris la grande
route, bonne, mais banale, nous avions préféré la traverse et les bois qui relient l'une
à l'autre la propriété de ma tante et celle
de notre voisin. Au sortir d'une clairière,
nous nous trouvâmes brusquement en face
de lui, débouchant à cheval d'une allée solitaire suivi de ses terriers.

— Vous, ici! s'écria-t-il d'un air à la fois surpris et ravi.

— Et allant chez vous, dit ma tante. Mais je crois que nous sommes un peu perdues, grâce à Germaine.

— Point du tout, nous voici à deux pas de la maison ; je vais passer devant et vous servir de guide, car il n'y a en vérité pas de place pour marcher de front dans ce sentier. Mais que vous êtes bonnes, toutes deux, d'être venues.

Il nous devança, puis faisant prendre le pas à son cheval, nous précéda lentement. Nous suivions et je ne pus me défendre d'être frappée de la bonne mine qu'il avait dans son costume de chasse, le visage ombragé par son grand feutre noir. De temps en temps, il se retournait pour nous indiquer un obstacle ou nous adresser une parole.

— Nous sommes arrivés, dit-il, au bout de quelques minutes, en étendant la main

vers le vieux manoir, qui, au tournant
d'une allée, se présenta tout à coup à nos
regards. C'était une grande maison en bri-
ques rouges, un peu basse, qui se cachait
sous le lierre ; le perron, ainsi que les larges croisées du premier étage, étaient ornés
de rampes anciennes merveilleusement cise-
lées ; les plantes grimpantes qui s'entrela-
çaient à leurs découpures y ajoutaient de
bizarres dessins et retombaient en longs
festons sur le balcon. Dans cet encadre-
ment de feuillage se détachait la figure de
la petite Berthe qui nous regardait arriver.
Elle accourut comme nous mettions pied à
terre et s'empara de ma main, tandis que
M. de Renzais offrait son bras à ma tante
pour l'introduire au salon. Dans la belle
et grande pièce un peu fanée déjà, on sentait qu'une femme avait passé un moment,
puis disparu. Une main pieuse avait recueilli, sans oser y toucher, les souvenirs
qu'elle avait laissés derrière elle. Des objets

qui n'avaient pu appartenir qu'à elle, gardaient sur la table leur place respectée: un panier à ouvrage, une broderie commencée, un flacon vide de son parfum, un éventail entr'ouvert, et, dans un coin, la niche déserte du chien qui n'avait pas voulu survivre à sa maîtresse, avec les premiers jouets de l'enfant. A droite et à gauche de la cheminée, divers croquis suspendus et reproduisant tous le même visage doux et gracieux, témoignaient du soin qu'avait eu M. de Renzais de rassembler autour de lui tout ce qui pouvait lui rappeler celle qui n'était plus. Aimer les souvenirs, vivre avec eux, m'a toujours paru la marque d'une douleur acceptée qui, tout en se résignant, ne veut pas s'éteindre, et cette manière de sentir m'est bien plus sympathique que le triste effacement de ce qui réveille l'image du passé. Ma tante pensait de même et sut l'exprimer à notre ami avec cet accent simplement affectueux qui lui appartient.

— Que vous avez raison de ne pas vouloir oublier, dit-elle. Ce serait perdre une seconde fois et plus cruellement encore! Et, d'ailleurs, le passé toujours présent n'exclut pas l'avenir...

— Merci, madame, répondit-il en serrant dans la sienne la main qu'elle lui tendait, et, puisqu'il en est ainsi, permettez-moi, ce que je ne saurais faire pour des indifférents, de vous faire visiter ma demeure si pleine de ce cher passé, si pleine de mes souvenirs.

— Ce sera pour moi l'objet d'un véritable intérêt, répliqua-t-elle en se levant aussitôt.

— Et pendant ce temps, Berthe, va faire préparer le goûter, dit le comte en se tournant vers sa fille.

Nous vîmes tout, depuis la charmante petite chapelle dont les tableaux sont de sa main, dont l'autel est orné de fleurs toujours fraîches, jusqu'à la chambre vide et

muette de la jeune femme morte. Les rideaux
des fenêtres étaient fermés, et en entrant, au
sortir de la lumière, on était d'abord ébloui
par l'obscurité; mais peu à peu les yeux
s'accoutumaient à ce demi-jour et étaient
charmés par l'aspect intime et recueilli de
ce lieu. Il y avait au pied du grand lit un
prie-Dieu. M. de Renzais hésita un moment,
puis bravement il s'y agenouilla, et la
tête dans ses mains, y resta un moment
en prière. Ensuite, se retournant vers
nous :

— Pardon, dit-il, mais je n'entre jamais
ici sans prier un moment pour elle, pour
Berthe, pour moi-même, à cette place où
il me semble voir encore la marque de ses
genoux... C'est sa propre main, continua-t-il
en se tournant vers la pendule enveloppée
d'un crêpe noir, qui a arrêté l'aiguille à
cette heure, le jour où, se sentant profon_
dément atteinte, elle a quitté ces lieux avec
moi, pour aller chercher un peu de soleil

dans le Midi. Elle pressentait qu'elle ne
reviendrait pas.

— Je m'étais approchée de la cheminée
pour y regarder une petite miniature qui
la représentait. En cet instant ma figure
se refléta dans la glace qui se trouvait au-
dessus et je me retirai aussitôt, me rendant compte de la pénible impression que
devait éprouver M. de Renzais, debout,
derrière moi, en voyant cette nouvelle
image ainsi reproduite à cette place.

Il me comprit.

— Non, non, dit-il, restez là ; et, me
prenant par la main, il m'y ramena en me
forçant à me retourner de manière à ce que
mon visage fût un moment encore empreint
dans le miroir. Le sien s'y détacha en
même temps et je vis dans l'ombre, briller
ses grands yeux noirs qu'une larme avait
mouillés.

En redescendant au salon, nous trouvâmes Berthe qui nous attendait devant une

table à thé, couverte de fruits et de gâteaux. Elle était très gentille dans son rôle de maîtresse de maison qu'elle remplissait avec une gravité comique, tandis que, avec une gaucherie pleine de grâce, elle nous faisait les honneurs de son mieux et s'empressait autour de nous avec ses plats et ses assiettes. La jupe de sa robe blanche très courte avait l'air d'avoir été taillée dans un seul volant de broderie anglaise à grands jours; une large ceinture d'un rose pâle se nouait derrière sa taille; un ruban semblable attachait ses cheveux. Autour de son cou, une chaîne légère soutenait une infinité de petites médailles d'or et d'argent de toutes les dimensions imaginables, qui lui formaient un bizarre et touchant collier. Son père la regardait avec attendrissement.

— Comme c'est bon, disait-il, ce semblant d'intérieur !

Et moi, de mon côté, je pensais vague-

ment à des joies mystérieuses, auxquelles
il me semblait avoir dit adieu pour toujours. Je songeais tout bas à la douceur
d'une vie à deux avec un enfant entre soi.
Cette petite m'a décidément prise en affection.

— Quel dommage que vous ne puissiez
rester toujours ici, s'écria-t-elle, en voyant
avancer la voiture que l'on venait de rat-
teler.

Nous nous embrassâmes tendrement et,
prenant congé de M. de Renzais, nous
regagnâmes, par la grande route cette
fois, notre demeure, charmées, ma tante et
moi, de l'agréable journée que nous avions
passée là.

XII

Le comte a pris, par degrés, l'habitude
de venir presque chaque soir. Madame de
Lermont encourage singulièrement ses visites, et moi je lui en suis reconnaissante,
car je comprends bien l'intention qui
anime ma chère tante. Puis, à part la
reconnaissance pour elle, c'est un véritable
plaisir que j'éprouve à voir M. de Renzais.
Je sais qu'il m'aime. Je sens en lui un protecteur, un ami. Je me dis qu'un jour peut-
être, s'il me demande ma main, je serai
heureuse de la lui accorder. Mais la deman-
dera-t-il, après ce que lui a dit madame de

Lermont? Sans doute il hésite, il croit mes affections encore engagées. Puis voudra-t-il d'un cœur qui s'est déjà donné, qui peut-être n'est pas redevenu libre tout à fait? Je crains que non et je le regretterais, car il me semble qu'il serait bon de s'appuyer sur son bras, qu'il y a chez lui tout ce qu'il faut pour aimer, conduire et garder celle à laquelle il donnera son nom. Jusqu'ici, je n'avais jamais imaginé qu'il me fût possible de songer à un nouveau mariage, et maintenant voilà que mon esprit s'accoutume lentement à cette idée. Enfin nous verrons.

Ainsi on peut donc m'aimer! Je croyais que je ne pouvais pas l'être, quand je me suis vue dédaignée par Albert. . . .

. . . .

Heures délicieuses, que celles que je traverse en ce moment! On dirait qu'un invisible bonheur plane sur ma tête, flotte autour de moi comme une caresse. Qui sait

si le moment où on le pressent ne vaut
pas mieux encore que celui où on l'atteint... L'espérance a des rayons que rien
n'égale, — l'espérance c'est l'infini.

.   .   .   .

.   .   .   .

— Vous m'y autorisez ? dit-il l'autre jour
à ma tante, en achevant sa visite.

— Et je m'en réjouis, répondit-elle.

Ce soir madame de Lermont a prétexté
une migraine, et quand le comte est arrivé,
à son heure ordinaire, elle m'a priée d'aller
le recevoir pour elle. C'est singulier, elle
n'avait pas l'air souffrant du tout. Je l'ai
laissée dans sa chambre, prenant une tasse
de tilleul, et je suis descendue au salon. Le
cœur me battait un peu. Debout, devant la
cheminée, où brillait le premier feu de
l'automne, se tenait M. de Renzais.

— Puis-je rester un moment sans être
importun? dit-il.

— Ma tante vous en prie, répondis-je. Ce

n'est qu'à cette condition qu'elle ne descend
pas.

— Elle est toujours bonne, fit-il; et il s'assit à la place qu'il avait coutume d'occuper,
auprès de la grande table qui remplissait
le millieu de la pièce. Je pris mon ouvrage
comme à l'ordinaire, pendant qu'il feuille-
tait avec distraction les livres et les journaux qui se trouvaient à sa portée.

— Quoi de nouveau? demandai-je. Et
comme il ne répondait pas, je levai sur lui
mon regard interrogateur sans quitter mon
aiguille. Je m'aperçus alors que ses yeux
étaient attachés sur mon visage, tandis que,
le coude sur la table, il appuyait son front
dans sa main et, sous la lampe, me contemplait en silence.

— Laissez là votre broderie, dit-il, et
causons sérieusement, voulez-vous?

— Volontiers.

— Vous devez vous douter de ce que je
veux vous dire...

— Peut-être.

— Et vous le permettez.

Je répondis par un léger signe de tête.

— Mademoiselle, continua-t-il, je vous aime, et madame de Lermont m'a autorisé à vous exprimer mes sentiments; je vous aime d'une tendresse profonde. Daignez-vous l'accepter, croyez-vous que vous pourrez y répondre, voulez-vous être ma femme?

Je voulais parler. Le trouble, l'émotion, m'en empêchaient. Je ne pus que tourner vers lui mon visage baigné de larmes. Il se méprit sur leur cause.

— Ne pleurez pas, reprit-il, je sais que vous avez souffert dans le passé. Laissez-moi consacrer ma vie à faire oublier un chagrin que je saurai toujours respecter.

— Ce chagrin n'est plus, lui dis-je, puisque j'ai votre affection.

— Elle vous est donc de quelque prix?

Pour toute réponse, je lui tendis la

main. Il la prit en la gardant dans les siennes :

— Je jure, dit-il, de vous rendre heureuse. Vous fiez-vous à moi?

— Je me fie à vous, lui répondis-je avec fermeté. Mais, vous, êtes-vous bien sûr d'avoir en moi une absolue confiance?

Il garda le silence un moment, puis, se levant, se mit à parcourir le salon à grands pas, en proie évidemment à un trouble extrême. Enfin se rapprochant de moi et hésitant un peu :

— La franchise est le fond de ma nature, dit-il, et je ne saurais vous dissimuler que madame de Lermont a tenu à m'apprendre qu'en rompant votre mariage avec son fils, vous lui aviez parlé d'une autre affection qui occupait votre cœur. C'est cette pensée qui depuis plusieurs mois a retenu sur mes lèvres l'expression d'un amour que je craignais de voir repousser comme importun et qui datait de longues années. Cependant

j'ai eu beau vous observer, et Dieu sait
avec quel intérêt, avec quelle émotion je
l'ai fait, je n'ai rien pu découvrir en vous
qui m'ait éclairé sur la grave révélation
que votre tante a cru devoir me faire.
C'est donc à vous que je m'adresse simplement, vous suppliant de me dire la vérité, afin qu'il n'y ait jamais d'arrière-pensée entre nous. Ma chère Germaine, à celui
à qui vous voulez bien confier votre vie,
à l'homme que vous daignez agréer pour
mari, vous direz avec droiture et loyauté
le nom de celui à qui, un moment, vous
aviez donné votre cœur, de celui qui a été
assez insensé pour ne pas répondre à votre
affection. Mais soyez sûre que ce nom, je
l'oublierai aussitôt et cela d'autant mieux
que vous me l'aurez avoué, me montrant
ainsi, votre indifférence à l'égard du passé
et votre absolue confiance en moi.

Et pendant qu'il parlait ainsi je l'écou-
tais terrifiée, car ce nom, grand Dieu! mais

où le trouver pour le dire, puisque nul autre qu'Albert n'avait jamais occupé ma pensée...

— Ce nom, m'écriai-je éperdue, il m'est impossible de jamais vous le faire connaître, et si c'est une condition...

— Une condition de notre bonheur, oui, sans doute reprit-il avec douceur. Songez un peu que cette confidence loyalement faite établira un lien de plus entre nous, tandis qu'en me refusant votre aveu, vous élèveriez une véritable barrière entre nous, vous mettriez une éternelle froideur dans notre intimité.

— Ah! m'écriai-je, je suis bien malheureuse!

— Vous avez tort, et si vous y songiez un moment, vous comprendriez que le plus malheureux c'est moi, puisque je souffre tous les tourments de la jalousie et que l'ignorance dans laquelle vous me laissez ne fait qu'en accroître l'ardeur. Le plus malheureux, c'est moi qui vous aime depuis plusieurs années en silence, mais avec passion. Croyant que vous deviez épouser M. de Lermont, ne doutant pas que votre bonheur ne fût assuré, je m'étais retiré, et de loin, pensant toujours à vous, je priais Dieu tout bas pour que vous eussiez d'heureux jours. Quand j'appris la rupture de ce mariage, un immense espoir s'est emparé de moi. Je suis accouru, résolu à engager la lutte, à vous conquérir, à me faire aimer à force de tendresse, me disant que votre fiancé devait avoir commis quelque acte bien indigne pour que vous lui ayez retiré votre main. C'est alors que j'eus la douleur d'apprendre que le motif venait de vous seule, que vous n'aviez pas voulu être sa femme parce que vous en aimiez un autre. Hélas! cet autre ce n'était pas moi, en qui vous n'aviez jamais vu qu'un ami. Qui est-ce? Je ne sais. Je le cherche partout vainement, et tant de mys-

tère et d'obscurité m'étonnent et me tour-
mentent. S'il est digne de vous, pourquoi
ne se montre-t-il pas au grand jour? pourquoi ne vient-il pas revendiquer son bonheur? pourquoi, glorieux de votre affection,
ne la consacre-t-il devant Dieu.

— Vous me soupçonnez?

— Non certes, puisque je vous offre mon
nom et que je serai fier de vous voir à mon
bras. Mais je souffre de votre silence.

— Eh bien, un jour, je vous dirai toute
cette triste histoire ; je vous la dirai parce
que je n'ai point à en rougir, parce que je
suis digne de vous et qu'en effet celle qui
sera votre femme ne doit pas avoir de secret
pour vous. Mais pas ce soir, je vous en prie.
Je ne me sens pas le courage d'évoquer
aujourd'hui ces douloureux souvenirs.

— Pardon, s'écria-t-il, aussitôt rassuré
par cette promesse qui le rendait confus
de son insistance, pardon, ma chère Germaine, vous parlerez quand vous le voudrez

et je suis bien coupable. L'heure présente n'aurait dû être consacrée qu'à vous dire mon amour, qu'à vous remercier de vouloir bien l'agréer.

— Je vous pardonne de grand cœur, lui dis-je, et maintenant je ne veux, en effet, que contempler les heureuses perspectives qui, grâce à vous, s'ouvrent devant moi. Ne parlons, voulez-vous, les yeux tournés vers l'avenir, que de l'affection que vous m'offrez et dont je suis si touchée.

Minuit sonnait quand M. de Renzais se leva pour partir. Il prit ma main, la porta à ses lèvres.

— A demain, à toujours, dit-il.

Et je répétai :

— A toujours.

XIII

— Eh bien ? demanda madame de Lermont, complètement remise de sa migraine,
quand j'entrai chez elle le lendemain matin.

— Eh bien, ma tante, c'est oui.

— Alors laissez-moi vous embrasser pour
vous en féliciter. M. de Renzais est un noble cœur ; je suis heureuse de vous donner
à lui. J'espère que c'est en toute assurance
que vous lui accordez votre main, sans
aucun regret, sans aucune arrière pensée ?

— C'est avec une pleine confiance, avec
une véritable estime, avec une sérieuse
affection. Et pourtant... ah ! l'on n'aime
qu'une fois comme j'ai aimé...

Il y eut un moment de silence entre nous.
Je repris :

— Ma tante, M. de Renzais, mon futur
mari, me demande de lui avouer avec franchise pour quel motif je n'ai pas voulu
épouser Albert. Croyez-vous qu'il soit de
mon devoir de le lui dire.

— Oui, sans doute, ma chère enfant ;
c'est une chose grave que de manquer à
un engagement solennellement pris vis-à-
vis d'un autre, que de rompre une promesse
de mariage bénie par votre mère mourante.
consacrée aux yeux de tous par plusieurs
années de fiançailles. Un motif très sérieux,
très intime a seul pu vous déterminer. Comment voulez-vous que l'homme qui vous
épouse n'éprouve pas, quelle que soit sa
confiance en vous, et ne fût-ce que pour
l'approuver, le besoin de connaître ce
motif?

— Oui, vous avez raison ; c'est une chose
fort grave que j'ai faite là. J'ai cru bien

faire... Souvent, depuis, je me suis demandé
si je n'avais pas commis une faute... Je
lui dirai tout. Dieu veuille qu'il me comprenne.

— Je n'en doute pas.

— Cela n'est pas si sûr que vous vous
l'imaginez. Ce qui a dicté ma conduite est
une raison si étrange ! Me croira-t-il ? Ah !
s'il hésite un instant, si je surprends en
lui l'ombre d'un doute, je le jure, tout est
rompu, je ne serai pas sa femme...

— Préférez-vous me confier ce que vous
avez à lui dire et que ce soit moi qui l'en
instruise ?

— Non, non, je préfère avoir cette explication moi-même. Je tiens à observer sa
première impression. Je veux pouvoir tout
briser entre nous tout de suite, s'il ne me
croit pas, comme j'ai droit d'être crue...

— Ne vous agitez pas ainsi, Germaine ;
n'allez pas, à la légère, compromettre un
bonheur assuré. Vous n'avez d'ailleurs rien

à redouter. M. de Renzais vous aime ; il a pour vous une estime profonde ; il croira absolument ce que vous lui direz.

— Je ne sais pourquoi, mais cela m'inquiète. J'aurais désiré, puisqu'il a confiance en moi, qu'il eût bien voulu me croire sans que je lui dise rien, et simplement parce que je lui affirme que je suis digne de lui.

— Il vous croit ainsi, Germaine. Mais, quelle que soit sa confiance, il y aurait toujours une sorte de gêne entre vous, s'il restait ignorant du motif qui vous a déterminée à retirer la parole que vous aviez donnée à mon fils. Mon Dieu ! cela n'est pas bien difficile à dire, et pas bien difficile à deviner. Un sentiment réel ou imaginaire éprouvé pour un autre, un point d'honneur exagéré qui vous a fait penser que votre cœur n'était pas assez complètement libre pour qu'il vous fût permis de devenir la femme d'Albert, puis une déception vive

survenue : soit que vous ayez reconnu que
celui que vous aviez préféré n'était pas
digne de vous, soit qu'après vous avoir
exprimé ses sentiments, reçu l'aveu des
vôtres, il ait changé d'idée ou qu'il ait
été retenu par quelque considération de
famille ; voilà votre histoire, je n'en doute
pas. Il n'y a là rien de bien terrible. Je vous
assure. Je ne vous ai pas demandé de confidence, parce que j'aurais craint d'être indiscrète et que je ne m'y sentais aucun droit ;
mais il ne saurait en être de même de votre
futur mari. Songez, Germaine, que la rupture de votre mariage n'a pas été sans causer un certain étonnement autour de vous,
sans faire quelque bruit parmi vos amis et
jusque dans le monde.

— C'est vrai, dis-je en courbant la tête
comme une coupable, ma détermination a
dû sembler bien inexplicable. Je n'avais
jamais songé à tout cela. Vous avez raison,
ma chère tante, on a pu avoir mauvaise

opinion de ma conduite, me blâmer, qui sait, ressentir d'injustes soupçons. Qu'en pensez-vous ?

— Je pense, ma chère enfant, que vous avez fait une chose certainement fâcheuse pour vous, regrettable sous bien des rapports... Mais qu'importe, puisque vous avez cru devoir agir ainsi. Pour moi, je ne saurais vous blâmer, car j'ai confiance en vous, et je ne doute pas que vous n'ayez obéi à votre conscience.

— Eh bien, c'est résolu ; il faut de toute nécessité que je parle avec une entière franchise au comte. Je le ferai le plus tôt possible, et il en arrivera ce qui pourra.

— On est toujours heureux d'être dans la vérité, dit madame de Lermont avec son calme sourire. La vérité, c'est aux choses morales ce qu'est la lumière aux choses extérieures. Et maintenant, Germaine, donnez-moi votre bras pour descendre au salon.

XIV

Les lettres venaient d'arriver. C'est un des bons moments de la vie de campagne. Il y en avait une pour moi, que je me mis à lire, tandis que ma tante s'installait dans le fauteuil qu'elle affectionnait, près de sa petite table, et ouvrait lentement les siennes.

— Quel ennui ! m'écriai-je. Henriette qui, cédant à nos instances réitérées, vient passer quelques jours auprès de nous, en se rendant à Paris. Son frère l'accompagne.

— C'est tout naturel, puisque je les presse depuis si longtemps de nous faire

une petite visite. Mais, en effet, c'est un
peu gênant en ce moment, J'aurais préféré
que nous fussions restées tranquilles et
seules avec M. de Renzais, Enfin ce ne sera
pas bien long. Quand arrive-t-elle ?

— Aujourd'hui : sa lettre aurait dû nous
parvenir hier ; elle a pris une fausse direction. Cela me contrarie beaucoup, car je
pensais, ce soir même, avoir avec le comte
l'explication convenue, et maintenant me
voilà obligée d'attendre le départ de nos
hôtes.

— Mais d'un autre côté, nous aurons le
plaisir de présenter M. de Renzais à madame
de Kervausan, et, bien qu'il ne faille pas
encore lui annoncer votre mariage, vous ne
devez pas être fâchée de voir comment elle
appréciera notre ami.

— Oui, sans doute, je serais contente,
sans Gaston... Tenez ma tante, il faut que
je vous dise franchement qu'il me fait un
peu la cour.

— Il est encore temps de lui donner la préférence.

— Je n'en ai nulle envie, mais peut-être en voyant son empressement auprès de moi, M. de Renzais va-t-il être jaloux, croire comme vous l'avez cru vous même, j'en suis sûre, que c'est pour lui que j'ai rompu mon mariage avec Albert...

M. de Renzais fut un peu surpris, en effet, en arrivant après le dîner, de trouver les visiteurs inattendus. Il nous fut impossible d'échanger une seule parole en particulier, et c'est à peine si, dans un rapide serrement de main, nous pûmes mettre un souvenir de la veille. Je m'aperçus à plusieurs reprises qu'il m'observait avec une certaine sévérité et jetait sur Gaston des regards qui me révélaient toute la jalousie dont sa nature inquiète était capable. Combien ne regrettais-je pas de n'avoir pas parlé la veille ! Quand pourrais-je le faire maintenant ? Le salon était plus éclairé qu'à

l'ordinaire et ma toilette plus recherchée,
car madame de Kervausan est fort élégante
et paraît tous les jours à dîner en robe décolletée. Tout cela m'ennuie. C'est à l'intimité, au coin du feu que j'aspire. Quant à
Gaston de Brémars, c'est un de ces jeunes
gens à la mode qui, après beaucoup de
sottises et plus puni que repentant, est
venu se réfugier dans sa famille pour se
faire payer ses dettes, s'efforcer d'être sage
et parvenir, s'il le peut, à quelque mariage
réparateur. Henriette semblait avoir à cœur
de faire valoir son frère et saisissait toutes
les occasions de nous rapprocher : tantôt
me priant de faire de la musique avec lui,
tantôt combinant une promenade à cheval
ensemble pour le lendemain, ou bien faisant
allusion à quelque souvenir commun. J'avais
beau être absolument innocente, je me sentais à tout instant rougir visiblement, et
mon embarras s'en accroissait encore. Aimable et de belle humeur, avec toute l'assu-

rance de sa jeunesse et de sa bonne mine,
Gaston, parfaitement à l'aise, causait et
riait sans se douter de rien ; et de plus en
plus grave, assis dans l'ombre, à l'écart,
M. de Renzais nous contemplait en silence.
Trois mortelles soirées se passèrent ainsi,
puis madame de Kervausan annonça qu'elle
était absolument obligée de nous quitter le
lendemain, et, bien qu'elle fut charmante
et l'une de mes meilleures amies, son départ
fut un véritable soulagement pour moi.

— Enfin ! dit M. de Renzais, quand nous
nous retrouvâmes seuls auprès de ma tante,
dans le grand salon redevenu sombre et
tranquille. Je ne vous savais pas, ajouta-t il,
si intime avec madame de Kervausan et
les siens ?

— Henriette est une amie de couvent, lui
répondis-je. Je vais presque tous les ans
passer quelques semaines chez elle.

— Et M. de Brémars s'y trouve toujours,
sans doute ?

— Vous n'avez pas oublié, je pense, dis-je, sans répondre à cette question, que j'ai à causer avec vous, seule ? Voulez-vous, avec l'assentiment de ma tante, venir demain dans la journée entendre ce que j'ai à vous dire ? Je serai heureuse de vous donner la marque de confiance que vous avez réclamée de moi.

— Ah merci, car j'en ai grand besoin. Vous ne savez pas combien la moindre obscurité en ce qui vous concerne peut me troubler. C'est que je vous aime éperdument, ajouta-t-il tout bas.

— Eh bien, quelques heures encore et vous saurez tout.

— Tout, répéta-t-il en prenant ma main et me regardant profondément dans les yeux, tout, vous me le promettez ?

— Tout, répondis-je joyeusement en soutenant son regard et le front haut, car il me tarde maintenant de parler pour dissiper ces funestes doutes. Tout, et vous serez content.

— Quel complot faites-vous là ! demanda madame de Lermont, en se rapprochant de nous.

— Celui de nous adorer, répliqua le comte ; et la soirée s'acheva gaiement.

XV

C'était une froide journée de novembre. Le soleil éclatant, qui ne brille en cette saison qu'aux premières heures de la matinée, avait disparu derrière un humide brouillard, et les grands arbres dépouillés se dessinaient vaguement sur le ciel gris. Une vague tristesse s'empara de moi, tandis qu'assise dans l'embrasure de la croisée, attendant avec impatience l'arrivée de M. de Renzais, je contemplais ce mélancolique paysage. Cette belle journée qui avait fini si vite, ces rayons sitôt enveloppés dans l'ombre, la nuit qui descendait déjà : tout

cela me faisait vaguement songer à ma
destinée qui tout à l'heure allait se décider
et dont les joies pourraient bien n'avoir
compté qu'un instant.

— Le voilà, m'écriai-je en entendant rou-
ler sa voiture qui s'arrêtait devant le
perron.

— Je vous laisse, dit madame de Lermont, j'ai beaucoup de lettres à écrire.
Mais, je vous en prie, ma chère Germaine, modérez la fierté de votre humeur,
soyez sage...

Et, m'embrassant sur le front, elle
sortit, tandis que par la porte opposée entrait le comte.

Il était ému comme moi, bien qu'il s'ef-
forçât de garder ce visage impassible sous
lequel il aime à cacher l'impétuosité de ses
sentiments.

— Ce que j'ai à vous raconter est fort
étrange, lui dis-je, lorsque, après avoir
échangé quelques paroles banales, il fut

assis auprès de moi, et ce n'est pas sans
un peu de trouble que je viens vous supplier d'ajouter foi à mes paroles, puisqu'un
jour, vous allez le voir, elles se sont écar-
tées de la vérité.

Il fronça légèrement le sourcil ; et, bien
que je me sentisse peu encouragée, je con-
tinuai :

— J'ai trompé madame de Lermont, en
lui disant que je ne voulais pas épouser son
fils parce que j'en aimais un autre. Cela
n'était pas...

— Mais alors ?

— Je ne savais comment lui expliquer
autrement mon refus de donner suite à ce
projet de mariage.

— Sans doute, mais puisque votre cœur
était libre, quelle répugnance pouviez-vous
avoir ?

— Aucune, et pour vous parler en toute
franchise, je vous avouerai que je le désirais
passionnément.

— Quelle est cette énigme ? Vous désiriez
ce mariage et vous vouliez le rompre !

— Il m'est douloureux de trahir un secret
qui n'est pas le mien. Il le faut cependant...
sachez donc que c'est mon cousin qui, fol-
lement épris de la femme qu'il a épousée
depuis, et sachant trop bien que sa mère
ne consentirait jamais à le voir manquer à
ses engagements vis-à-vis de moi, m'a con-
jurée de les rompre moi-même, en prétex-
tant un sentiment qui était, hélas ! bien
loin de mon cœur.

— Tout dans ce récit est impossible !
s'écria M. de Renzais avec violence ; impossible d'abord que M. de Lermont ait été
assez aveugle pour ne pas vous aimer, impossible aussi qu'il ait eu la lâcheté de
vous demander de prendre sur vous le tort
de cette rupture, alors que vous l'aimiez ;
impossible enfin que vous y ayez consenti,
ayant de l'affection pour lui !...

Je me souvins que j'avais promis à

madame de Lermont d'être sage, de rester
calme. Je fis un grand effort sur moi-
même, car j'étais profondément humiliée,
et je répondis avec toute la douceur dont je
fus capable :

— Cela vous étonne, Monsieur, mais
apprenez que j'aimais assez Albert pour être
heureuse de me dévouer à son bonheur et
que j'étais trop fière d'ailleurs pour refuser
de le rendre libre. Et puis il me semble
même que je l'ai excusé en comprenant
quel devait être, pour l'amener à être si
cruel envers moi, son amour pour celle qu'il
me préférait.

— Et votre tante n'a jamais su le véritable motif ?

— Jamais. A quoi bon ? Cette confidence n'aurait pu que l'affliger profondément.

M. de Renzais réfléchit un moment, la
tête appuyée dans ses deux mains. Qu'al-
lait-t-il sortir de sa méditation, qui me

parut éternelle ? Le blâme ou la pitié ?
Hélas ! c'était le doute.

— Il faut avouer, me dit-il avec froideur,
que vous avez inventé une fable bizarre
pour vous dispenser de m'apprendre la
vérité et pour éviter de me confier le nom
que je réclamais de votre loyauté.

— Mais il m'est impossible de vous avouer
ce qui n'a jamais existé, un sentiment pour
un autre que celui auquel j'étais fiancée. Je
n'ai donc plus rien à vous dire, Monsieur,
et je vous demande la permission de me
retirer.

Je me levai en me dirigeant vers la porte
pour sortir. Sur le seuil, me retournant
pour le saluer, j'ajoutai :

— Vous êtes libre, désormais. Je reprends
ma parole et vous rends la vôtre.

Il s'élança vers moi, et me prenant par
la main, me ramena d'un air suppliant à
la place que je venais de quitter.

— Je vous en conjure, Germaine, ayez

confiance en moi. Quel que soit l'aveu que
vous deviez me faire, une légèreté, une
faute même : je vous pardonne tout
d'avance ! Mais je veux savoir...

Et comme je gardais le silence, froide et
hautaine devant lui :

— Je vous en prie à genoux, dit-il, parlez à cœur ouvert. C'est si bon, la vérité,
et j'en ai si soif ! Un seul mot, ce n'est
pourtant pas bien difficile ! Si vous saviez
comme je vous serai à jamais reconnaissant et combien je vous aime, combien je
souffre en ce moment torturé par la jalousie, vous auriez pitié, car enfin vous ne
pouvez prétendre que j'ajoute foi à cet
étrange récit, et vraiment mieux eût valu
refuser de parler que de le faire ainsi...

— M. de Renzais, lui dis-je, je vous ai fait
une loyale confidence. Vous avez douté de
ma parole, et si vous teniez à mon aveu,
moi, de mon côté, j'avais droit de tenir à
votre confiance absolue. Je voulais que

vous ayez foi en moi sans hésitation ; vous
ne l'avez pas su. Je ne saurais devenir
votre femme, car vous m'avez montré que
vous ne m'estimiez pas. Un jour peut-être,
par M. de Lermont lui-même, apprendrez-
vous la vérité. Mais il sera trop tard. De
cette explication que vous avez voulue, de
cette épreuve décisive dont j'attendais en
tremblant le résultat, devait sortir pour
moi le bonheur avec vous, ou l'éternelle
solitude. L'incertitude n'a pas été longue.
Et maintenant le sort en est jeté; je ne me
marierai pas; cela vaut peut-être mieux
ainsi. Vous ne m'auriez pas comprise, puisque vous n'avez pas su même me croire,
et, qui sait, après tout, si le souvenir du
passé était assez éteint en moi...

Ces paroles, mes larmes qui coulaient en
abondance, la toute-puissance enfin de ce
qui est simple et vrai, lui ouvrirent brusquement les yeux. Sa colère tomba pour ne
faire place qu'à sa douleur. J'eus cette

consolation de voir qu'enfin il me croyait, navré de m'avoir méconnue. Mais ce n'en était pas moins fini, à jamais fini entre nous. Je sentais qu'il lui avait fallu m'avoir perdue pour être convaincu et que, devenue sa femme, il eût encore douté.

— Adieu ! lui dis-je, adieu ! je prononce ce mot avec regret, mais sans retour !

Et nous nous quittâmes en pleurant.

XVI

— Ma pauvre petite, dit madame de Lermont, le lendemain, en me pressant dans ses bras, comment pourrai-je jamais assez expier par ma tendresse les torts de mon fils envers vous ?

— Quoi ! vous savez ? m'écriai-je.

— Il le fallait. M. de Renzais s'est vu forcé de me faire la confidence de tout ce qui s'est passé entre vous, pour m'expliquer votre brusque résolution de ne pas l'épouser.

— Ah ! j'en suis désolée. Ainsi vous avez appris... Et vous, du moins, ma tante, vous croyez à mes paroles ?

— J'y crois, parce que je ne suis pas, comme lui, aveuglée par une folle jalousie et parce qu'elles m'expliquent bien des choses qui longtemps m'avaient paru inexplicables. J'y crois, Germaine, parce que j'ai en vous la confiance la plus absolue.

— Et vous me pardonnez ?

— Je me mets à genoux devant vous, ma courageuse enfant, et pourtant...

— Et pourtant vous me blâmez ?

— Eh bien, oui, je vous blâme, car ce que vous avez fait, vous n'aviez pas le droit de le faire. A nul et pour quelle cause que ce puisse être, il n'est permis de manquer à la vérité. La vérité, c'est ce qui est ; donc c'est la volonté divine. Il faut nous garder d'y toucher ; tout mensonge cherche à faire dévier les desseins éternels ; il s'y trouve toujours un manque d'obéissance, un défaut de résignation. Vous avez commis une faute généreuse, sublime peut-être, mais une faute cependant.

— Que pouvais-je faire ?

— Vous pouviez refuser de dire ce qui n'était pas, vous confier simplement à Dieu. Il serait alors arrivé ce qu'il aurait pu. Albert, sans doute, m'eût consultée ; je serais parvenue probablement à lui inspirer de plus sages pensées ; je lui aurais montré qu'il était de son devoir de tenir ses engagements vis-à-vis de vous, engagements aussi sacrés que si le mariage vous avait unis déjà, en tous cas je me serais opposée à tout autre mariage. Il vous aurait épousée, et alors, ah ! croyez-le, forte de vos droits, forte de votre affection, combattant pour la bonne cause, votre conquête était assurée ; vous auriez pris facilement votre place dans son cœur. Votre amour se fût, malgré tout emparé du sien, il vous eût bientôt béni d'avoir lutté, d'avoir vaincu, et aujourd'hui vous seriez plus heureux tous les deux...

— Vous avez raison, j'ai failli envers

Dieu et envers lui ! Envers lui, car j'ai été orgueilleuse ; j'ai écouté ma fierté au lieu d'écouter ma tendresse. Envers Dieu, car j'ai manqué de foi et de courage. Pourquoi faut-il que je ne sois pas la seule à être punie, que d'autres bien chers souffrent avec moi...

— Pauvre Albert, il a été le plus coupable, il est le plus châtié ; car, je le sais, il est profondément malheureux. Son enfant est sa seule joie. Hélas ! joie bien troublée par mille soucis. Et moi aussi, je suis à plaindre ; la femme qu'il a épousée n'est pas une fille pour moi, comme l'eût été ma chère Germaine. Mais à quoi servent ces regrets ? Ne nous y attardons pas, même pour pleurer une erreur. Il faut se mettre à la vie bravement et s'efforcer de faire mieux. M. de Renzais...

— Ne me parlez plus de lui ; tout est fini entre nous.

— Vous êtes peut-être un peu sévère ; ce-

pendant, Germaine, je comprends votre sus-
ceptibilité et je ne sais si vous pourriez
maintenant être heureux ensemble. Certaines choses ne sauraient ni s'oublier ni se
réparer. Le bonheur est une plante délicate qui se flétrit au moindre vent contraire. Pourtant, je le regrette, c'est un
homme d'honneur et il vous aime.

— Savez-vous, lui dis-je, en m'efforçant
de sourire, que l'amour commence à me
faire peur. Il me semble qu'il conduit mal
ceux qui le prennent pour guide. N'est-ce
pas lui qui a inspiré au comte une aveugle jalousie, à Albert un cruel égoïsme?

— Ne dites pas de mal de l'amour, répliqua madame de Lermont, tandis que,
sous ses cheveux blancs, son visage s'animait
d'une expression charmante et qu'un éclair
brillait dans ses grands yeux profonds.
Ne dites pas de mal de l'amour, ma chère
petite! D'abord il y en a deux. L'un, je
vous l'abandonne : c'est celui qui, composé

uniquement de passion, ne connaît nul
frein, renverse tout sur son passage, et gou-
vernant absolument celui qu'il possède, lui
fait oublier jusqu'à l'honneur, jusqu'au devoir. Terrible maître que celui-là ! Mais il y
a aussi celui qui, fait de tendresse surtout,
d'exquise bonté, de dévouement, de pure
flamme, élève, console, éclaire, et, comme
la foi, met au cœur une force divine. Celui-là, le bon, le vrai, vous l'avez connu,
Germaine ; c'est le vôtre. Son noble souffle
a passé dans votre âme. N'est-ce pas lui
qui vous a rendue miséricordieuse et clé-
mente envers celui qui le méritait si peu,
lui qui vous a soutenue dans les amers
déchirements que vous avez éprouvés, lui
encore qui charmera jusqu'à la fin, de son
éternel souvenir, vos longues heures de solitude?... Ah ! ma fille, car désormais je
ne vous appellerai pas autrement, ah, ma
fille, ne le maudissez pas !

XVII

On était en décembre; il faisait nuit,
bien qu'il ne fût encore que quatre heures.
On venait d'apporter les lampes au salon.
Nous travaillions en silence, ma tante et
moi, tandis qu'au dehors la neige tombait
épaisse, recouvrant le sol d'un grand tapis
de velours blanc.

— Quel triste temps! dis-je, avec un léger soupir.

— J'y songeais précisément, répondit
madame de Lermont, et voilà ce que je me
disais en cet instant : Quand vient l'hiver et
que les arbres perdent cette charmante ver-

dure qui semblait à nos regards un impé-
nétrable rideau, quand chaque jour l'hom-
bre devient moins épaisse au fond des bois,
le silence moins profond, tandis qu'à travers
les branches dépouillées la lumière filtre
toujours plus large, l'horizon apparaît toujours plus vaste, le ciel toujours plus découvert, ne penserons-nous pas à notre propre
vie, qui, à mesure qu'elle avance, perdant
de ses trésors, de ses mystères, de ses bonheurs, gagne en revanche une vue plus nette
des choses d'en haut, s'illumine de clartés
plus vives : les lointains se découvrent,
les rayons pénètrent partout, l'inconnu se
dévoile et l'infini se contemple face à face...

Comme elle achevait de parler, la porte
s'ouvrit brusquement. Un homme enve-
loppé de fourrures s'arrêta sur le seuil,
hésitant à entrer, et nous eûmes d'abord
peine à reconnaître, en ce visage sombre,
celui qui nous contemplait toutes deux
d'un œil hagard.

— Albert! nous sommes-nous écriées en même temps.

— Qui, moi, dit-il, moi, qui viens vous dire adieu. Trahi par l'indigne femme qui porte mon nom, le vôtre, hélas! ma mère, puis abandonné par elle, je vous amène mon fils que je vous laisse... Pour moi, misérable que je suis, je ne saurais rester ici, sous ce toit, près de Germaine... Car je ne suis pas libre, et je ne veux pas être deux fois coupable envers elle. Rendu à mes premiers sentiments, le cœur brisé, las de moi-même, je viens d'obtenir d'être envoyé en Tunisie : Dieu me fasse la grâce d'y trouver la fin de ma triste existence. Mais auparavant, il me faut votre pardon à toutes deux, car je sais tout. J'ai vu M. de Renzais, qui m'a appris cette douloureuse histoire en me conjurant de le réconcilier avec vous. J'ai compris le mal que j'ai fait ; j'ai compris, Germaine, que j'avais brisé votre vie dans le passé comme dans l'avenir...

Il y eut un long silence ; tous trois nous
pleurions sans force pour exprimer tant
d'émotions diverses. Enfin madame de Lermont prit la main de son fils dans la
sienne, et la mit dans ma main.

— Notre pardon, dit-elle, je te le donne,
Albert, pour elle et pour moi. Songe maintenant à obtenir celui de Dieu, car tu as été
bien coupable en n'écoutant que la voix de
la passion. Mais une existence meilleure
peut t'appartenir encore, ou une digne
mort te racheter. Et quoi qu'il arrive, notre
affection te suivra.

— Est-ce vrai, Germaine ? demanda-t-il.
Vous aussi me pardonnez-vous ?

— Pauvre Albert, répondis-je.

— Et vous pardonnerez aussi à M. de
Renzais ; vous serez ?...

— Sa femme ? Jamais ! Non, cela ne se
peut pas... Et qui sait, après tout, peut-
être n'ai-je été si sévère envers lui que
parce que mon cœur n'était vraiment

pas capable d'une nouvelle affection...

Il porta à ses lèvres ma main qui était restée dans la sienne, et la baisa longuement. Je la lui retirai doucement, puis, éperdue, le visage baigné de larmes, le front brûlant d'une rougeur soudaine, je m'enfuis.

Dans la pièce voisine, qui n'était pas encore éclairée, je me heurtai contre la nourrice qui attendait, tenant dans ses bras l'enfant endormi que nous avions oublié. Alors je me penchai sur lui, l'embrassai avec une tendresse infinie, puis, le prenant dans mes bras, et l'emportant avec moi, je rentrai au salon.

— Ma mère, dis-je en le posant sur les genoux de madame de Lermont, nous l'élèverons ensemble.

LA BUISSONNIÈRE

LA BUISSONNIÈRE

I

— C'est le nouveau médecin, se disaient l'un à l'autre les bonnes gens assis devant leur porte, les ménagères penchées à leur fenêtre, et les enfants jouant sur le trottoir.

— C'est le nouveau médecin, répétait-on tout en le saluant d'un air où la curiosité se mêlait à la bienvenue, tandis qu'il suivait d'un pas rapide et ferme la grande rue de la petite ville de Dommerais.

— Il est très jeune, observaient les uns.

— Il paraît un peu sévère, ajoutaient les autres.

— Est-il marié? demandaient les femmes.

— Il aura grand'peine à remplacer notre pauvre cher docteur, murmuraient les vieillards en secouant la tête.

Et lui, un peu distrait, rendait les saluts à droite et à gauche ou donnait une petite tape, en passant, sur la joue des marmots.

C'était un homme d'une trentaine d'années que le docteur Mesnard, brun et de haute stature, les épaules un peu larges, la physionomie ouverte et bienveillante, le regard profond et chercheur de ceux qui observent. Sa tenue très simple était mêlée d'une certaine gravité, tandis que la coupe familière des vêtements donnait une sorte de bonhomie à l'ensemble de sa personne.

On était au mois de juin; les petits jardins embaumaient devant les maisons. Celles qui n'en avaient point s'en étaient créés aux fenêtres. Les roses et les résédas

s'épanouissaient sur les étroits balcons, la
glycine s'enroulait autour des grilles peintes,
les clématites tapissaient les vieux murs ;
par dessus les toits, le ciel radieux tendait
son rideau d'azur, tandis que le soleil couchant disparaissait derrière les coteaux boi-
sés que l'on apercevait au fond de l'horizon.

Il s'arrêta devant une habitation de modeste apparence, mais qui réjouissait l'œil
par son aspect riant. C'était la sienne et
c'était toujours avec satisfaction qu'il y rentrait, sa laborieuse journée finie. Son extrême propreté lui faisait une élégance.
Dans la cour, une corbeille de verveines
aux mille nuances étalait ses vives couleurs
sur le gazon soigneusement tondu ; une
bordure de petits œillets roses entourait
l'unique allée circulaire ; dans un angle,
sous un tilleul en fleurs, un banc invitait
au repos ; par les croisées ouvertes, on apercevait un intérieur à la fois simple et confortable.

Il poussa la porte et, s'arrêtant devant la cuisine où la vieille Monique préparait le dîner :

— Personne n'est venu me chercher? demanda-t-il.

— Pardon, monsieur, on est venu il y a heure environ de la Buissonnière, où il y a quelqu'un de bien malade, à ce qu'il paraît, et on espère que vous pourrez y aller ce soir encore.

— C'est dommage, je comptais passer une bonne soirée tranquille... Et l'on est bien ici, ajouta-t-il en promenant un regard satisfait autour de lui, tandis que, passant dans son cabinet, il se laissait tomber un peu las, mais toujours de bonne humeur, sur l'un des deux grands fauteuils qui se trouvaient auprès de la cheminée.

— C'est égal ; je vais y aller. Le devoir avant tout. Ainsi, Monique, le dîner le plus vite possible, et puis mon cheval tout

de suite après. A propos, où est-ce donc
exactement la Buissonnière?

— La Buissonnière, monsieur, je la connais bien. J'ai servi là autrefois et chez de
bons maîtres. C'est cette maison au fond de
la vallée, sur la droite, dont on n'aperçoit
au-dessus des arbres qui l'entourent que le
haut toit qui a l'air de celui d'une vieille
chapelle. C'est, dit-on, une ancienne ab-
baye, et les moines qui l'habitaient devaient
vivre là bien à l'abri des distractions. Pas
de vue, pas d'horizon, jamais un passant;
mais, dans la haute futaie, beaucoup d'oi-
seaux et, sur le sol tapissé de mousse ou de
lierre, beaucoup de fleurs, d'une espèce si
sauvage, que l'on n'en rencontre guère ailleurs de semblables.

— Le chemin est-il bon?

— Excellent, monsieur. A peine a-t-on
quitté la grande route que l'on tombe
dans des sentiers si frais et si riants
qu'ils ressemblent à des allées tracées

8

dans un parc. C'est joli tout à fait.

— Et qui donc habite là?

— Un vieil officier retraité avec sa femme et sa fille. On ne les voit guère, car ce n'est qu'aux grandes fêtes qu'ils viennent ici pour les offices. A l'ordinaire ils vont au petit bourg de Mortelles.

— Ah! c'est là qu'il y a cette église si proprette, si ornée, que j'admirais un jour que j'y suis entré pour me mettre à l'abri pendant une averse?

— Oui, monsieur; la demoiselle est très pieuse, paraît-il; si bien qu'elle voulait entrer en religion. Ce n'est que pour ne pas affliger ses parents, vieux et infirmes, qu'elle y a renoncé. Mais c'est tout comme; elle s'en dédommage à sa manière et trouve moyen d'être quand même une vraie sœur de charité. Les pauvres la connaissent bien; les malades sont heureux d'être soignés par elle; aux enfants elle apprend à lire, et s'il lui reste un moment de loisir, c'est à travailler à quelque ornement d'autel qu'elle l'emploie.

— Une bigote, alors?

— Qui n'en a pas l'air, car il est impossible de rencontrer un visage plus aimable et plus gai. Mais, à bavarder, j'oublie mon dîner. Excusez-moi, monsieur.

Monique se sauva, pour reparaître quelques instants après en annonçant que la soupe était sur la table. Le docteur se hâta de faire honneur au modeste repas de sa solitude, et une demi-heure plus tard, il suivait le chemin de la Buissonnière. Il avait coutume de faire ses courses à cheval. Il en abrégeait ainsi la longueur tout en évitant la monotonie des grandes routes banales et leur donnait un intérêt qu'elles n'auraient pas eu, en suivant toujours la voie tracée. A travers champs, à travers bois, par les étroits sentiers à demi frayés, le long des haies verdoyantes ou des ruisseaux qui serpentent autour des prés, ici

passant un gué, là sautant un obstacle, il
faisait de la grave visite du médecin la sa-
lutaire et agréable promenade de l'homme
épris de vivre et plein d'enthousiasme pour
les beautés de la nature.

Sa jument était une de ces vieilles bêtes
de race qui gardent du sang jusqu'à la dernière heure. Les jambes un peu arquées
conservaient une rare finesse ; la robe, d'un
noir d'ébène, avait des reflets moirés ; la
tête élégante et bien attachée se redressait
fièrement, tandis que l'œil intelligent semblait répondre à la voix du cavalier.

La soirée était belle. Le docteur, au pas
lent de sa monture, repassait dans sa pensée
les incidents de la journée, les malades vi-
sités, ceux qu'il avait eu la satisfaction de
trouver mieux à la suite des remèdes pres-
crits, ceux qu'il avait quittés sans espoir de
les revoir le lendemain... Il songeait à ces
intérieurs pauvres où l'on souffre presque
autant de la faim que de la maladie, à ces

vies laborieuses auxquelles ordonner le repos est en même temps retirer le gagnepain. Puis il se demandait quelle est cette loi sévère qui veut qu'ici-bas la joie soit plus rare que la souffrance. Et ne trouvant pas dans sa foi religieuse la réponse aux graves questions qui se succédaient dans son esprit, il restait attristé en songeant aux misères entrevues. Et pourtant le ciel était si pur, l'air était si doux, la nature était si radieuse, qu'il lui semblait qu'il faisait bon de vivre.

La ville était déjà loin, tandis que la campagne étendait devant lui ses grands espaces lumineux. Il avait passé le cimetière et les champs qui l'avoisinent, puis longé les grands carrés où la vigne commençait à fleurir ; ensuite il avait traversé le petit hameau de Mortelles, et prenant le sentier à droite qu'on lui avait indiqué à l'angle du chemin où s'élevait une vieille croix couronnée de buis, il s'était engagé

8.

dans les bois qui, avec une petite ferme, composaient tout le domaine de la Buissonnière. Les aboiements des chiens ne tardèrent pas à lui annoncer qu'il approchait. Bientôt une lumière dans une fenêtre apparut à travers le feuillage, achevant de le guider. Au bout de quelques instants, il se trouva devant une grille qui fermait le jardin réservé et il lui fallut descendre pour l'ouvrir. Puis, tournant une allée que la pluie du matin avait jonchée des fleurs blanches secouées aux grands acacias qui la bordaient, il s'arrêta près d'un étroit perron aux marches vermoulues. Là, il mit pied à terre, tandis qu'un vieux serviteur, qui avait un peu l'air d'un invalide, s'emparait de son cheval, et il monta les degrés.

— Entrez, monsieur, lui dit le vieux domestique. La porte à droite c'est le salon. Vous y trouverez Monsieur et Mademoiselle.

Il s'avança, et au moment où il allait frapper à la porte, elle s'ouvrit et sur le seuil apparut un homme d'une soixantaine d'années, grand, sec, d'une belle figure sous ses cheveux blancs, qui lui dit en s'inclinant :

— Soyez le bien venu, monsieur.

C'était M. de Laurières, le propriétaire du lieu.

— M. le curé de Mortelles, ajouta-t-il en lui présentant un vieillard à la physionomie douce et respectable.

— Je suis heureux de faire votre connaissance, docteur, dit celui-ci en s'inclinant. Nous aurons quelquefois l'occasion de nous rencontrer près du même chevet, chacun dans l'exercice de notre ministère, l'un poursuivant le soulagement du corps, l'autre, la guérison de l'âme, deux tâches difficiles !

M. Mesnard répondit un peu froidement au salut et au discours ; puis se tournant vers M. de Laurières :

— Je regrette, dit-il, de n'avoir pu venir plus tôt ; je ne suis rentré qu'assez tard chez moi. J'aime à penser que vous n'avez autour de vous aucun sujet d'inquiétude?

En cet instant la porte du salon s'ouvrit, et sur le seuil parut une fille vêtue d'une simple robe de toile, qui s'arrêta un peu interdite. Il s'agissait de sa mère, et, en apercevant le médecin, son regard expressif semblait dire qu'elle ne s'était pas attendue à le trouver si jeune. Elle tenait à la main un flambeau dont la lumière l'éclairait en plein, détachant sa silhouette claire et blanche sur le fond obscur de la pièce. Son visage était si calme qu'il semblait insignifiant d'abord. Mais ses lignes pures, son expression douce et sympathique lui donnaient un charme pénétrant.

— Je désire que vous donniez vos conseils à ma femme, dit M. de Laurières, sa santé, depuis longtemps atteinte, en est arrivée à une phase qui nous préoccupe, et j'ai besoin

de vous consulter sans retard sur son état. Si
vous voulez bien aller jusqu'à sa chambre,
qu'elle ne peut plus quitter, vous com-
prendrez, en voyant la chère malade, toutes
les appréhensions de notre foyer.

Mademoiselle de Laurières tenait toujours
son flambeau.

— Je vous suis, mademoiselle, dit le docteur en s'inclinant ; et, accompagné de
M. de Laurières, il s'engagea dans un large
corridor, orné de quelques vieux tableaux.
Parvenu à l'extrémité, la jeune fille s'arrêta.
On était à la porte d'un petit salon qui
précédait la chambre de sa mère. Elle était
pâle, mais, sous son émotion profonde, on
devinait la force morale qui la soutenait.

M. de Laurières, touchant alors le bras du
docteur, lui dit à demi-voix, avec une expression de tristesse empreinte d'un ferme
courage :

— Je vous demande, monsieur, de nous
dire la vérité ; ne craignez pas, nous

sommes assez forts l'un et l'autre pour la supporter...

Le docteur parut surpris.

— Nous avons coutume, dit-il, de dissimuler autant qu'il se peut les vérités pénibles. N'est-ce pas de la bonne charité ?

— Je n'oserais le dire, monsieur ; dans tous les cas, ma fille et moi désirons sincèrement être éclairés et faisons appel à votre franchise. Nous nous sentons capables l'un et l'autre de puiser dans notre foi le courage d'entendre une révélation douloureuse...

M. Mesnard regarda la jeune fille avec un étonnement où se mêlait une curiosité pleine de respect.

— Pourtant, répliqua-t-il, la vie est belle parfois et mérite un regret, surtout alors que de chères affections la rendent précieuse.

— Oui, reprit M. de Laurières, se quitter voilà la grande amertume ! Mais la sépara-

tion n'est-elle pas adoucie par la certitude
du revoir?... Du reste, monsieur, quoique
ma femme me semble gravement atteinte,
je ne désespère ni de la miséricorde divine
ni de la science humaine, et j'ai la confiance
que vos bons soins pourront nous la conserver encore.

II

Mademoiselle de Laurières ouvrit la porte, en conduisant le médecin jusqu'au lit de la malade, puis elle alla s'asseoir anxieuse à l'autre extrémité de la chambre, les mains jointes sur les genoux, attendant en silence le résultat de l'examen auquel se livrait le docteur. Celui-ci interrogea longuement, ausculta avec minutie, parut chercher à se rendre un compte très réfléchi des choses, et parfois ses yeux allaient de la mère à la fille avec une expression hésitante.

— Eh bien? demanda doucement M. de Laurières.

— L'état est sérieux, sans être alarmant.

Il y a une anémie... peut-être compliquée de quelque chose au cœur... Mais, avec des soins... en évitant toute imprudence, je ne doute pas... Il faut surtout éviter le plus léger refroidissement, car dans cet état de faiblesse extrême, tout accident serait une aggravation...

Pour mieux entendre, mademoiselle de Laurières était venue se placer près du lit. Sa mère ne put se défendre d'allonger vers elle son bras amaigri et de caresser un moment les tresses brunes de sa chevelure avec une tendresse émue.

— N'avez-vous pas, monsieur, quelques remèdes à prescrire? demanda la jeune fille en s'efforçant de dominer son trouble, tant pour en épargner le contre-coup à son père et à sa mère, que parce qu'il lui semblait indiscret d'en faire subir le spectacle à un étranger.

— Oui, sans doute, répliqua-t-il, et il se dirigea vers un petit bureau.

Elle l'accompagna, et comme elle lui présentait la plume d'une main tremblante, ils échangèrent un regard, où elle crut discerner de la compassion ; puis le docteur se rapprochant de la malade :

— Je reviendrai demain, si vous le permettez, madame, pour voir l'effet de ma potion et surveiller la crise que vous traversez en ce moment.

— Je vous remercie, monsieur, répondit la malade d'une voix faible.

Il salua respectueusement et sortit accompagné de M. et de mademoiselle de Laurières. Mais, à peine hors de la chambre, celle-ci, vaincue par l'émotion qu'elle avait si énergiquement comprimée, se sentit prise d'une sorte de faiblesse, et toute chancelante tomba dans les bras de son père.

M. Mesnard s'élança.

— Vous aviez trop présumé de vos forces, mademoiselle, dit-il, et je regrette...

— Non, monsieur, interrompit-elle en

revenant à elle; ce n'est rien... un vertige... Vous avez été bon, je vous en remercie.

Mais, en dépit de ses efforts, la pâleur s'étendait sur son visage, et, complètement défaillante, sentant qu'il lui était impossible de se tenir debout plus longtemps, elle étendit la main pour s'appuyer à l'épaule du docteur.

Éperdu, M. de Laurières la saisissant dans ses bras l'emporta comme un enfant. Heureusement son appartement était voisin et il put la déposer dans un grand fauteuil. M. Mesnard se tenait discrètement sur le seuil.

La chambre était pleine de fleurs, simple et gaie à la fois. Une étoffe de toile à rayures roses la tendait entièrement. Quelques volumes sur une étagère, un ouvrage commencé sur le métier, dans la croisée la cage ou perchent les bengalis, sur une chaise la robe du matin oubliée, un grand

christ en ivoire au fond du lit un peu
étroit; puis au-dessus d'une image sainte
qui surmontait un prie-Dieu, une branche
de buis. Voilà tout ce qu'il put apercevoir
d'un rapide coup d'œil, à la lueur de la
lampe de nuit qui brûlait sur un meuble.

La jeune fille revint lentement à elle,
promenant à l'entour ce regard qui semble
venir de trop loin encore pour voir les
choses réelles, ce regard de ceux qui ont
un moment perdu le sentiment de l'existence, puis elle fondit en larmes en répé-
tant à travers ses sanglots ces mots entre-
coupés :

— Ma mère, ma chère mère ! Mon Dieu,
ayez pitié de nous !

Mais tout à coup, apercevant le docteur, qui venait de l'effrayer, elle se re-
dressa vivement et devenue fort rouge :

— O monsieur, que je vous demande
pardon; mais que m'est-il donc arrivé?

— Rien, mon enfant, dit son père, une

petite faiblesse. Prends mon bras et viens respirer quelques bouffées d'air à cette fenêtre.

Il ouvrit doucement la fenêtre, et la fraîcheur du soir, en frappant son visage, acheva de la ranimer. Au fond du ciel la lune se levait lentement, éclairant la vallée et revêtant d'un aspect fantastique la nature endormie. Elle mettait ses magnifiques lueurs aux ogives des croisées enguirlandées de lierre, et jetait des reflets bleuâtres sur la brune chevelure de la jeune fille. Un calme infini régnait dans une immense lumière. Tous trois restèrent un moment immobiles et graves, pleins d'une muette extase.

— Je suis heureux de voir, dit le docteur, au bout de quelques minutes, que cette légère défaillance n'aura aucune suite, et que vous n'aurez, mademoiselle, nul besoin de mes soins.

— Non, docteur, et merci encore pour ma mère, qui doit seule nous occuper.

M. de Laurières remit sa fille dans le
fauteuil ; puis, précédant le docteur, le
reconduisit au salon où le vieux curé de
Mortelles attendait le résultat de la visite.
Mais M. Mesnard était pressé. Il s'excusa de
ne pas s'asseoir, et, prenant son chapeau
qu'il avait déposé à l'arrivée, il se retira
après quelques paroles vaguement rassu-
rantes à M. de Laurières.

Un instant après, les aboiements des
chiens de la ferme accompagnaient le bruit
du galop de son cheval sur le sable de la
cour.

III

Monsieur et madame de Laurières habitaient la Buissonnière depuis de longues
années, mais autrefois l'existence qu'ils y
menaient était fort différente. Leur position
leur permettait d'y inviter de nombreux
amis ; l'hiver, ils avaient coutume d'aller
passer au moins trois ou quatre mois à
Tours, et dans la belle saison, ils faisaient
un petit voyage d'agrément, cherchant en
Suisse ou dans les Pyrénées, l'air pur des
montagnes et les grands spectacles de la
nature. Leur fortune s'était tout à coup
trouvée amoindrie par la générosité qu'a-

vait eue M. de Laurières de payer toutes les
dettes d'un frère plus jeune que lui, mal-
heureusement ruiné dans une entreprise
qui n'était pas absolument honnête. Il fallait sauver l'honneur du nom, de ce nom
déjà ancien et laissé par un père qui l'avait
noblement porté. Il n'y eut pas dans le
digne ménage un instant d'hésitation.

— Pauvre Antoinette ! dit seulement la
mère en songeant à sa fille, elle aura
désormais une bien petite dot.

— Qu'importe, répondit le père, cela ne
l'empêchera pas de trouver quelque noble
cœur qui reconnaîtra ses éminentes qualités, et elle aura du moins la satisfaction de
n'être épousée que pour elle-même.

Désormais la vie devint plus sévère dans
le petit manoir, qu'il fallait à tout prix conserver. N'était-ce pas là qu'on était né,
qu'on avait vécu les jours heureux ! On
vendit les chevaux, on congédia les domes-
tiques ; une vieille servante et un jardinier

ce fut tout ce que l'on garda. Il ne fut plus question de voyages, et la pension au couvent étant trop élevée, Antoinette fut rappelée sous le toit paternel. Toutefois, s'il fallait compter de près avec tout ce qui était de luxe, on continua de ne pas marchander avec la charité ; la misère trouva toujours sa part, et les pauvres purent croire à la même aisance chez leurs bienfaiteurs, en trouvant toujours le même accueil et les mêmes largesses. L'aumône devint la meilleure consolation de ce logis éprouvé. La mère et la fille avaient le secret de donner avec cette grâce qui relève, avec cette bonté qui double.

La vie s'écoulait ainsi, douce et silencieuse, pour les habitants de la Buissonnière, séjour simple et tranquille, qui convenait bien à ses hôtes, quand la maladie vint s'abattre sur madame de Laurières. Ce fut d'abord peu de chose, une légère fatigue. C'est l'âge qui arrive, disait-elle ; et

pourtant son visage aux contours si fermes,
aux lignes régulières, semblait la démentir.
Elle s'était mariée jeune à un homme aimé ;
elle avait toujours été heureuse, et les années s'étaient écoulées sans presque laisser
de traces sur son front. Mais peu à peu le
mal avait augmenté, creusant les yeux,
amaigrissant les joues, éteignant lentement
le sourire. Un jour, elle dit à sa fille :

— Antoinette, je me sens mourir : il faut
faire venir un médecin, non pour me guérir,
quelque chose me dit que je suis condamnée, mais pour connaître la vérité. J'ai toujours aimé savoir ce que je fais.

On la rassura ; mais à la suite d'un nouvel accès de faiblesse, M. Mesnard fut mandé,
et, comme on vient de le voir, n'osa pas
démentir les tristes pressentiments de la
malade.

Quand mademoiselle de Laurières eut
compris que l'état de sa mère n'était pas
dû à un malaise passager, mais bien à un

mal profond, il se fit un grand déchirement
en elle. Il lui sembla que sa vie présente
se séparait distinctement de sa vie passée,
que tout était changé en elle, comme dans
les choses qui l'entouraient. Cette délicieuse
impression de l'existence inconsciente, qui
est un des bonheurs de la jeunesse, fit
place à l'austère sentiment de la responsabilité. C'était sur elle désormais que
reposait non seulement la direction de la
maison, mais encore le bien être de ceux
qui l'entouraient, le soin du repos de son
vieux père, la charge de consoler la chère
malade, toute l'influence morale de l'intérieur. Hélas! comme il lui eût semblé plus
doux d'être encore, de rester toujours, l'enfant que l'on guide et protège, la jeune fille
que l'on caresse et à qui sont inconnus les
inquiétudes et l'âpre souci de l'avenir! Ce
temps-là n'était plus. Mais qu'importe!
Elle était courageuse, et sa vaillance se puisait à une source qui ne tarit pas. Elle vou-

lait à la fois accomplir la volonté de Dieu
avec une ferme résolution et l'accepter
avec une obéissance absolue. Précieux mélange de la résignation qui se soumet et de
l'énergie qui combat. Ame forte et douce
en même temps! Plus grave, plus pensive,
mais non moins sereine, elle se mit bravement à sa tâche.

— Ne penses-tu pas, Antoinette, lui dit un
jour son père, qu'il serait convenable d'inviter le docteur à venir dîner avec nous!
C'est un nouveau venu dans le pays et nous
ne lui avons pas fait le moindre accueil.
Cependant son zèle est infatigable; je n'ai
jamais vu un médecin aussi dévoué à ses
malades; on dirait un ami.

— Et c'en est vraiment un, mon père,
répondit mademoiselle de Laurières. Que
de fois ne vient-il pas de lui même, sans
qu'on s'y attende, parce qu'il a surpris un
peu plus de fatigue chez ma mère ou un
peu plus d'inquiétude chez nous. Parfois il

assure qu'il passait, que c'était son chemin,
ou même que c'est pour abréger sa route
en traversant nos bois, qu'il est entré,
puis il a toujours quelque bon sourire, quelque parole encourageante. On sent qu'il
plaint autant qu'il soigne. Mais avec qui
allez-vous l'engager? Notre seule compagnie ne saurait être bien attrayante pour
lui.

— Avec le curé, si tu crois que cela se
puisse.

— Et pourquoi cela ne se pourrait-il pas,
mon père?

— Je ne sais, on le dit libre-penseur.

— En êtes-vous sûr ?

— Je le crains. D'abord on assure qu'il
ne paraît jamais à l'église.

— C'est mal, mais il est si occupé, il
fait tant de bien. Je suis persuadée que
l'on ne saurait être aussi charitable que
lui sans que Dieu en récompense, ne donne
la foi. S'il ne croyait pas, d'où lui vien-

draient toutes les précieuses qualités que nous voyons en lui ?

— Eh bien, je vais écrire à notre cher curé en même temps qu'à lui, et, pour plus de sûreté, j'inviterai aussi notre voisin, M. Levasseur. Celui-là en tous cas est un homme religieux avec lequel M. Rastaud trouvera à s'entendre.

— Ce qui ne l'empêche pas, cet excellent M. Levasseur, d'être passablement ennuyeux et même assez désagréable.

— Tu es sévère pour lui, ma chère enfant. Et je le regrette d'autant plus que, s'il faut te le dire, ce voisin riche et considéré, passe pour songer à toi...

— A moi ! Dieu m'en préserve ! Je le crois d'un mauvais caractère et faisant le bien par ostentation plutôt que par vraie bonté de cœur et mettant l'esprit de parti jusque dans sa profession de foi.

— Il ne faut pas le juger à la légère. Ne brusque rien ; je vais l'inviter pour diman-

che, promets-moi de l'examiner impartia-
lement, en cherchant à discerner en lui
des qualités capables de racheter les défauts
que tu lui supposes; puis, si décidément si
te déplaît, il n'en sera plus question.

— Comme vous voudrez, mon père ;
d'ailleurs il sera toujours poli de l'engager
une fois à dîner. Il vient constamment
prendre des nouvelles de ma mère, et
puisqu'elle va précisément un peu mieux
en ce moment, c'est le cas d'en profiter
pour lui faire une politesse.

Le soir même les trois invitations furent
envoyées.

IV

Le docteur arriva, comme cela se fait encore quelquefois à la campagne, presque une heure avant le dîner; mais mademoiselle de Laurières était habillée et se trouvait déjà au salon. Elle le reçut avec sa grâce ordinaire, en le priant d'excuser son père qui s'était mis un peu en retard en allant voir une futaie. Elle était vraiment jolie dans sa simple robe de mousseline blanche. Une large ceinture d'un rose pâle se nouait à sa taille en retenant un gros bouquet d'œillets; ses cheveux, qu'elle portaient tout plats, se relevaient derrière la tête en lourdes tresses, tandis que son visage un peu aminci depuis deux mois, tout en portant l'empreinte des veilles et des soucis, n'en gardait pas moins sa charmante sérénité.

— Êtes-vous bien fatigué aujourd'hui, docteur, avez-vous eu beaucoup à courir ? demanda-t-elle en le faisant asseoir auprès d'elle dans l'embrasure de la croisée si large et si profonde qu'on eût dit une petite pièce distincte du salon. Elle y avait installé deux ou trois sièges, et c'est là qu'elle avait coutume de se tenir, surveillant l'intérieur et se trouvant à la portée de tous, en jouissant de la contemplation du splendide paysage qui s'ouvrait devant elle.

Il prit place sur le siège bas qu'elle lui désignait, et il raconta en souriant l'emploi de sa laborieuse journée : comment il avait été ici et là, par les bons et les mauvais chemins, dès l'aube, quand tous dorment encore et dans le plein midi, sous le chaud

soleil d'août. — Il ne se plaignait pas ;
tout cela l'intéressait, le passionnait même.
— Il aimait le malade et il aimait la science.
Mademoiselle de Laurières lui ayant dit une
fois : « Docteur, lorsque vous rencontrerez
de pauvres gens qui n'auront pas le moyen
de se soigner, veuillez aller les voir de notre
part, nous vous en tiendrons compte pour
eux. » Il avait répondu fièrement : « Mademoiselle, c'est notre charité à nous. Offrez
les remèdes, si vous le désirez, mais le prix
des visites, certes non. » Et elle n'avait pas
osé insister.

— Vous allez toujours à cheval ? demanda-t-elle, comme il achevait son récit.

— Oui, j'y gagne du temps et du plaisir.
Chacun veut bien me permettre de traver-
ser ses champs et ce système me varie à
l'infini. Chaque jour je découvre quelque
ravin nouveau, quelque site inconnu. Ce
pays est merveilleux : que de frais vallons,
que de larges prairies ! Et les bois tapissés

de mousse, les genêts, les bruyères ! Que
d'enchantements, que de surprises ! Il me
semble par moments que tout cela est à
moi, que le monde entier m'appartient. Je
possède par la jouissance, et à ce compte-là,
je suis peut-être plus propriétaire que tous
les propriétaires ensemble. Puis ce qui
est charmant, c'est la solitude presque
absolue, ce profond silence de la nature
qu'il est si bon d'écouter en son muet
langage... Je puis me perdre entièrement
dans mes rêves, tout oublié pour ne songer qu'à ce qui m'est cher...

Il s'arrêta. Son regard semblait fixer sur
le sien. Elle rougit un peu.

— Que de réflexions vous devez faire,
dit-elle. Sont-elles gaies ? sont-elles tristes ?

— Ni l'un ni l'autre. Elles sont souvent
hésitantes, comme tout ce qui cherche et
interroge. Le doute a sa mélancolie, et
pourtant il y a un âpre intérêt à poursuivre la vérité.

— Ne l'avez-vous pas atteinte?

— Peut-on l'espérer jamais? La science, qui ne s'arrête pas, n'amène-t-elle pas chaque jour de nouvelles découvertes, qui viennent détruire ou modifier les précédentes? Ce qu'on nommait hier le vrai, ne se trouve-t-il pas n'être aujourd'hui que l'ignorance surannée; et l'incessant progrès ne met-il pas à néant tout ce qui l'a précédé? L'homme s'imagine avoir trouvé le mot de l'énigme, puis il fait un pas de plus, et la solution se trouve distancée, tandis que l'énigme reste... reste toujours.

— Oui, sans doute, dans le domaine de l'intelligence, l'esprit marche sans cesse de conquêtes en conquêtes, de même que dans le monde moral, l'âme progresse constamment. Mais ne pensez-vous pas cependant qu'il soit, par delà, et bien au-dessus de nous-mêmes, une immuable lumière dont nous ne faisons après tout que nous rapprocher?

— Comment l'appelez-vous, mademoiselle?

— Mais Dieu, ce me semble...

Il garda le silence un moment, hésitant à répondre et devenu un peu pâle; puis, avec effort :

— Si douloureux, mademoiselle, qu'il puise être de se séparer de ceux que l'on estime, je ne saurais affecter de partager des croyances que je respecte, que j'envie mais qui ne sont pas les miennes. Non, je vous demande pardon de vous l'avouer avec franchise : je ne crois pas en Dieu...

— C'est donc vrai! fit-elle en passant sa main sur son visage, comme pour lui en dérober la douloureuse expression : c'est donc vrai!...

Puis, au bout d'un instant, relevant la tête et le regardant avec un demi-sourire :

— Vous vous trompez, monsieur, vous croyez sans le savoir. Pourquoi, sans cela, feriez-vous tant de bien et seriez-vous si bon?

— Je voudrais mériter cet éloge, mais j'en suis bien loin, et je ne sais plus quel sentiment je vais vous inspirer?...

— Je vous plains, monsieur, je vous plains infiniment, et même je dirai que je ne comprends pas bien ces paroles dans votre bouche. Tout en vous les dément. Mais, ajouta-t-elle avec une grâce attristée, écartons ce sujet; j'ai été fort indiscrète en y touchant, et j'oublierai tout ce que je vous dois en insistant. La journée est très belle: vous plairait-il d'attendre mon père sur la terrasse?

— Très volontiers. Je serai charmé de voir vos roses et tout ce qui vous occupe.

— Oh! mes roses, je les néglige un peu depuis la maladie de ma mère, et je fais appel à votre indulgence.

— Il ne faut pas négliger vos fleurs; vous avez besoin de distraction; vous êtes

pâle ; madame de Laurières elle-même
s'en aperçoit, et je sais qu'elle vous demande d'être moins assidue à son chevet.

— Je ne me sens bien que là. Si du
moins je pouvais alléger ses souffrances!...

— Vous pouvez lui faire beaucoup de
bien en lui montrant un visage heureux et
bien portant.

— Un visage heureux... comment le
pourrais-je, docteur ?

Ils marchaient l'un à côté de l'autre sur la
terrasse plantée de marronniers. Elle s'arrêta pour le regarder bien en face, cherchant
au fond de ses yeux l'espoir qu'elle n'avait
pas dans son propre cœur. Il restait muet.
Mais, sans courage pour répondre, le docteur
ne put lui dérober l'expression de sa sympathie. Une larme avait mouillé silencieu-
sement sa paupière. Elle lui tendit la
main. Il la retint un moment dans les
siennes.

— Pardon, lui dit-elle, de vous attrister

de mes peines, quand c'est le repos que vous venez chercher ici, quand vous devriez y trouver une trève à vos fatigues. Cela n'est vraiment pas hospitalier !...

En ce moment, au bout de l'avenue, on vit paraître le phaéton de M. Levasseur, attelé de deux chevaux fringants, sous un riche harnais qui manquait absolument de la simplicité voulue à la campagne. Lui-même étalait dans sa mise trop recherchée autant de mauvais goût que de prétention. Il arrivait au coup de sept heures, comme un élégant qu'il voulait être, ayant préféré le plaisir de montrer qu'il connaissait les usages du monde à celui de passer quelques moments d'aimable causerie avec ses hôtes. D'un air suffisant, il s'avança et, saluant le médecin avec un peu de hauteur, il offrit son bras à mademoiselle de Laurières pour aller au-devant de son père. Celui-ci venait à leur rencontre, en compagnie du curé qui était arrivé à pied de son côté, par le petit

chemin de traverse, et l'on ne tarda pas à
se mettre à table.

La grande salle à manger conservait encore dans son ameublement les restes d'une
splendeur passée. Les vieux rideaux verts
se drapaient aux fenêtres avec une pàle
majesté ; les antiques bahuts chargés d'anciennes faïences dessinaient leurs formes
surannées sur les boiseries sombres, tandis
qu'un cartel Louis XVI, finement ciselé,
marquait l'heure, immobile sous son aiguille
engourdie ; mais le repas était des plus modestes, et lentement servi par une seule
femme, qui en même temps l'achevait. Une
grande corbeille de fleurs, quelques assiettes
de pâtisserie, et une abondance de fruits
dus au jardin de la Buissonnière couvraient
presque entièrement la nappe blanche.
Auprès de M. de Laurières, deux ou
trois bouteilles de vin vieux promet-
taient un joyeux dessert, tandis que, par
les larges croisées ouvertes, pénétrait l'air

frais du soir avec les parfums du parterre.

Placée vis-à-vis de son père, Antoinette avait à sa droite le curé, à sa gauche M. Levasseur. Mais, involontairement, c'était presque toujours vers le docteur que se tournaient ses regards, et tout observateur attentif aurait pu remarquer la différence qu'il y avait entre les paroles qu'elle réservait à l'un et celles qu'elle adressait à l'autre. Dans les unes régnait le ton froid de la politesse indifférente, dans les autres on sentait percer une sympathie inconsciente. Comme ils sont différents, pensait-elle tout bas, en les observant tour à tour. Combien celui-ci n'a-t-il pas l'air intelligent et même plus distingué, avec son visage ouvert, ses manières franches, son langage un peu rond, que celui-là avec ses traits réguliers, mais sans expression, ses façons correctes, mais trop cérémonieuses, ses réflexions tranchantes, bien que sans valeur, son esprit moqueur et dénigrant.

On achevait le potage, lorsqu'on entendit crier le sable de la cour sous le lourd roulement d'une charrette. Un homme en blouse qui paraissait fort pressé en descendit.

— Le docteur Mesnard n'est-il pas ici ? demanda-t-il assez haut pour être entendu de tous.

— Oui, mon ami...

— Eh bien ! veuillez le prévenir tout de suite qu'une femme se meurt à la ferme de Blanvaux.

Le docteur se leva aussitôt.

— Vous m'excuserez, monsieur, dit-il en s'adressant à M. de Laurières. Mais vous avez entendu ; je vais, à mon grand regret, être obligé de vous quitter.

— Comment ! sans avoir dîné !...

— Que voulez-vous ! C'est le devoir, et il faut bien lui sacrifier le plaisir.

— C'est fort loin, et vous n'arriverez qu'à la nuit, par de mauvais chemins...

— J'y suis habitué! Mon seul regret est de répondre si mal à votre aimable invitation et de perdre une charmante soirée, ajouta-t-il en se tournant légèrement vers mademoiselle de Laurières.

— Mais vous nous reviendrez?

— Il sera trop tard, car de là je devrai me rendre à la Hotte où je suis attendu par une femme en couches. Mais je reviendrai demain matin prendre mon cheval, auquel je vous prie de vouloir bien donner l'hospitalité.

Et s'inclinant, il sortit.

Quelques instants après, il montait dans la carriole du paysan et s'emparant des rênes pour faire marcher plus vite la vieille jument poussive il disparaissait dans le bois.

— Brave médecin! dit le curé.

— C'est son métier après tout, et il ne fait que son devoir, objecta M. Levasseur.

— Faire son devoir en tout, toujours, ce

n'est pas déjà si peu de chose, répliqua le digne prêtre, indulgent comme toutes les âmes vraiment chrétiennes.

Un regard de mademoiselle de Laurières se dirigea vers lui pour le remercier.

— Vous êtes, monsieur le curé, d'une grande bienveillance pour un païen, continua l'impitoyable Levasseur.

— L'est-il vraiment, ce cher docteur? Je ne puis me résoudre à le croire. Toutes les fois qu'il voit un malade sérieusement atteint, il est le premier à m'envoyer chercher. Il lui est même arrivé de venir me prendre dans sa voiture pour me conduire au chevet de pauvres mourants. J'en ai été, je vous l'avoue, profondément touché.

— Alors il est plus zélé pour les autres que pour lui-même.

— Peut-être; en tous cas ne faut-il pas lui savoir gré de sa parfaite franchise et l'estimer de ne pas feindre des sentiments qui ne sont pas les siens? Avoir le courage

10.

de son opinion est chose rare partout, mais
surtout en province, où l'on sait, lorsqu'on
ne partage pas les croyances de la majorité,
à quelle malveillance on s'expose. Il faut
être vaillant pour l'affronter.

— Si bien, que nous devons lui savoir
gré d'afficher ses étranges idées ?

— Il ne les affiche pas ; loin de là, il m'a
toujours paru éviter ces graves questions
que l'on semble, depuis son arrivée, se faire
un plaisir de ramener sans cesse en sa
présence. Bien évidemment, il ne s'y engage
qu'à regret et d'un ton respectueux, peiné
en même temps, qui m'a frappé. Je suis
persuadé qu'il y a en lui un homme sincère et convaincu, de sorte que je l'estime
quand même.

— Vous avez raison, dit M. de Laurières,
car n'est-ce pas ainsi, monsieur le curé, que
vous avez le plus de chance de le ramener
aux convictions qui nous sont chères ?
Manquer d'indulgence ne pourrait lui en

inspirer l'estime. D'ailleurs, il doit souffrir
de ne point les posséder.

— Que de remerciements j'ai à vous
faire, monsieur, dit Antoinette en s'adressant à M. Levasseur pour rompre l'entretien. Vous avez envoyé à ma mère
des fruits superbes. Ils lui ont fait grand
plaisir !

— J'en suis heureux, mademoiselle.
J'espère qu'un jour vous voudrez bien venir
voir mes serres. Elles sont dignes de vous
être montrées, surtout la serre aux ananas
et celle des orchidées.

Mis sur ce sujet, M. Levasseur put se
livrer tout à son aise aux pompeux récits
qu'il aimait à faire sur ce qu'il possédait,
et le dîner s'acheva avant qu'il eût fini de
dépeindre les merveilles de ses jardins, de
ses écuries et de son salon. La vanité l'avait
remis de bonne humeur, et l'attention bienveillante que mademoiselle de Laurières
voulut bien lui prêter en apparence, quoi-

qu'elle fût au fond un peu distraite, l'encouragea si bien, qu'il la trouva plus charmante que jamais et partit, résolu à faire au prochain jour sa demande formelle.

V

— Je vous y prends cette fois, dit le docteur en poussant devant lui la porte de la chaumière.

— En quoi? demanda mademoiselle de Laurières.

— En plein exercice illégal de la médecine!... Voyons, qu'est-ce qu'il y a dans ce panier? Je le sais sans y regarder : du vin de quinquina, des poudres de fer, du tilleul, un peu de fleur d'oranger et puis du bouillon?

— C'est cela même, et... vous approuvez les ordonnances de votre confrère?

— Entièrement. Mais permettez-moi de vous dire, mademoiselle, que vous avez été imprudente de sortir à une heure si matinale, et de faire une course pareille par cette pluie battante.

— Il pleut donc? Je ne m'en étais pas aperçue...

— Alors, c'est qu'il y a longtemps que vous êtes ici, car il pleuvait déjà lorsque je me suis mis en route. C'est ce qui m'a décidé fort heureusement à prendre ma voiture, ce qui me permettra, si vous le voulez bien, de vous ramener à la Buissonnière...

— Nous verrons... Je ne savais pas que vous deviez venir ici ce matin, et je pensais que la mère Louault avait grand besoin d'être soignée. Il me semble qu'elle va mieux depuis quelques jours?

— Depuis que vous vous en occupez, mademoiselle, et cela ne m'étonne pas. Vous êtes une excellente sœur de charité; dou-

ceur et gaieté, c'est ce qu'il faut auprès des
malades. Et pour faire un pansement, je
n'ai jamais vu de main si lègère !

Mademoiselle de Laurières rougit d'un
modeste plaisir. Nul compliment adressé à
sa beauté et à ses talents n'aurait pu la
flatter davantage.

-- Vous avez raison, monsieur le docteur, dit la bonne femme, c'est un ange
que notre demoiselle, et puisque vous l'avez
trouvée là, je puis bien vous dire qu'elle y
vient souvent et pas seulement ici, mais
plus loin encore ; rien ne la rebute. L'autre
jour, ce petit enfant de la Caillaud qui avait
eu la jambe cassée...

— Assez, assez, ma bonne mère Louault,
interrompit Antoinette, un peu brusquement cette fois. Vous oubliez que le silence
vous est ordonné et que vous devez vous
tenir tranquille !

— Oui, mère Louault, ajouta le docteur,
taisez-vous. Il faut respecter les secrets de

la charité ; c'est à la charité seule qu'ils
appartiennent.

Mademoiselle de Laurières s'était levée et,
debout devant la croisée, regardait tomber
la pluie, se demandait si elle allait pouvoir
se mettre en route à pied.

— C'est impossible, dit le docteur, répon-
dant à sa pensée. Avez-vous le temps de
devenir malade, et moi ai-je celui de vous
soigner ? Voulez-vous me donner encore plus
à faire que je n'ai déjà ? Vous avez donc
bien peur de monter dans mon humble
carriole ?

— Non, certes. Je suis seulement fâchée
de vous faire faire un détour.

— J'irai un peu plus vite ensuite pour
rattraper le temps perdu. Craignez-vous de
vous confier à moi ?

— Je ne le crains pas et je me confie avec
plaisir, dit-elle résolument, en ramenant son
manteau autour de ses épaules et rassemblant les plis de sa robe. Me voilà. Au revoir.

mère Louault, ajouta-t-elle en se retournant pour lui envoyer un signe amical de la main. Puis elle s'élança dans la voiture.

M. Mesnard avait pris place à ses côtés. La capote était baissée et le tablier relevé, ce qui n'empêchait pas la pluie, chassée par le vent, de leur fouetter le visage. Il prit une grosse couverture de laine brune et la contraignit de la poser sur ses genoux. Là, seuls tous deux, dans l'ombre de cette voiture demi-close, invisibles à tous les regards, isolés pour un instant dans le vaste monde, à quoi rêvaient-ils l'un et l'autre?...

La Grise marchait d'un trot rapide, tandis que la route semblait fuir, variant à l'infini ses tableaux. Tantôt c'était un long rideau de peupliers; puis de grands carrés de vigne déjà rougissante, des morceaux de prés entourés de haies; puis un bout de bois que l'on traversait pour retomber bientôt dans la grande plaine nue.

— Savez-vous que c'est bien amusant de

11

courir ainsi? dit gaiement Antoinette. Je ne vous plains plus du tout, docteur.

— Si, plaignez-moi quand je suis seul.

— Vous lisez?

— Souvent; des livres de médecine, des journaux scientifiques, des choses graves qui font contraste avec ce qui m'entoure et parfois avec ce qui se passe en moi... car, par moments, il me semble que je suis plus jeune que la vie que je mène...

— C'est une vie austère, en effet, mais c'est une noble vie. Rendre sans cesse service à ses semblables, lutter constamment contre le désordre sous la forme de la maladie, être secourable à toute souffrance et parfois risquer sa vie pour en sauver une autre : quel plus digne intérêt, quelle plus belle mission, et que de joies vous devez éprouver quand le succès couronne vos efforts!

La pluie avait cessé, et le soleil, perçant les nuages, jetait toutes ses paillettes sur les gouttes humides accrochées au bout de chaque brin d'herbe ou suspendues au feuillage. On eût dit une éblouissante rosée. La terre mouillée sentait bon, de tièdes parfums étaient répandus dans l'air.

—Voulez-vous me permettre de m'arrêter un moment ici. J'ai un malade dans cette ferme à gauche. Êtes-vous assez brave pour rester là toute seule et... pour tenir les guides, comme cela, dans votre main?

— Oui, je suis assez brave. Allez et ne vous pressez pas.

Et elle le suivit d'un long regard. Au bout de cinq minutes, il reparut, la joie sur le front.

— Il est sauvé! dit-il.

Mais était-ce seulement le bonheur d'avoir conservé la vie à un homme qui animait ainsi le visage du docteur; ou bien, en voyant cette charmante figure grave et sereine, à demi ombragée sous son grand chapeau de paille, en contemplant d'un œil ému, cette jeune fille assise dans sa voiture, avait-il entrevu, dans un vague avenir, une soudaine espérance, un rêve doré? Oui, tout à coup, ce qu'il n'avait jamais osé s'avouer à lui-même, lui avait semblé possible...

— Descendez-moi ici, dit mademoiselle de Laurières, lorsqu'ils eurent dépassé le hameau. Il fait très beau maintenant, et me voilà presque arrivée; je n'ai plus que quelques pas à faire en prenant par la traverse, au lieu de suivre l'avenue.

Il mit pied à terre pour l'aider à descendre. Elle se dégagea d'un saut léger et lui tendant la main :

— Merci, docteur, à bientôt!

Puis, tenant sa robe un peu relevée, elle se mit à courir et disparut au détour du bois.

— C'est étrange, pensa le docteur, un moment immobile à la place qu'elle venait de quitter, je crois que je l'aime!...

VI

Madame de Laurières est au plus mal,
disait quinze jours plus tard la vieille Monique au docteur, au moment où celui-ci rentrait d'une longue tournée dans la campagne.

— Ah ! mon Dieu, j'y cours.

— Mais vous n'en pouvez plus, monsieur, et votre cheval pas davantage !

— Pour mon cheval, c'est vrai ; eh bien,
j'irai à pied.

Et sur-le-champ il partit.

Madame de Laurières au plus mal !
Depuis longtemps il prévoyait ce moment

fatal. Il avait tout fait pour le reculer, mais maintenant il fallait regarder la situation en face.

— Pauvre enfant ! disait-il tout haut en marchant.

Et si vite qu'il pût aller, la route lui semblait éternelle. — Madame de Laurières au plus mal, se répétait-il, tandis qu'une vague prière s'ébauchait sur ses lèvres. Cela n'est-il pas arrivé dans les moments d'angoisse aux plus incrédules ?

Oui, madame de Laurières était au plus mal. Elle avait eu une nouvelle crise, une de ces crises terribles qui l'avaient déjà mise à deux doigts de la mort. Mais cette fois, c'était la dernière. Les défaillances succédaient aux défaillances ; le cœur ne battait presque plus ou, par moments, se précipitait en mouvements inégaux ; le pouls, petit, irrégulier, accusait à peine un reste de vie. — « Du courage ! » — fut tout ce qu'il put répondre aux questions agitées de M. de Laurières. Quant à Antoinette, elle ne demandait rien ; elle priait.

— Vous resterez avec nous cette nuit. n'est-ce pas ?

— Je resterai tant que vous aurez besoin de moi...

Vers minuit, il dut pourtant consentir, harassé des fatigues du jour, à prendre un peu de repos ; mais, bien qu'étendu sur le lit qu'on lui avait préparé dans la pièce voisine, il ne pouvait dormir ; là sous ce toit, si près d'elle, de trop brûlantes pensées le troublaient, ses yeux se fermaient en vain ; toujours il voyait, à travers de lugubres ombres, flotter l'image qui l'obsédait. Elle, au contraire, était calme, résignée, au milieu de sa douleur : pourtant jamais il n'avait rencontré de cœur plus tendre, de plus ardente affection filiale. — Où donc puisait-elle une pareille force cette jeune fille frêle et délicate ? Et elle aussi, cette femme qui se mourait en s'en rendant si bien compte, pendant que, tranquille, souriante, elle disait aux siens le suprême adieu : quelle espérance était donc la sienne? — Ah! si c'était l'erreur, qu'elle soit bénie! — Mais était-ce l'erreur? — Se pouvait-il que tout soit fini avec cette vie mortelle, que de si nobles cœurs puissent à jamais cesser de battre? — Que n'eût-il donné en cet instant pour croire, afin de trouver dans sa foi une parole de consolation pour ces affligés, d'encouragement pour lui-même! — Croire! Est-ce qu'il n'avait pas cru autrefois, il y avait bien longtemps, quand il était encore tout petit, sur les genoux de sa mère? — Est-ce qu'il n'avait pas, lui aussi, balbutié ces divines paroles que ses lèvres n'osaient plus prononcer de peur de mentir?... Il se les rappelait, il les essayait tout bas, mais aussitôt il se le reprochait, et la crainte d'être entraîné au mensonge par le sentiment nouveau qui le pénétrait, tourmentait ce cœur

honnête et droit, le rendait peut-être plus
incrédule encore. — Comment donc avait-
il cessé de croire? Il n'était pourtant pas
un de ces orgueilleux qui osent se mesurer
avec Dieu. — Ce n'étaient pas les passions
qui, s'emparant de son âme, avaient, pour
justifier leur fougue, brisé les freins de son
respect, semé le doute dans son intelligence
avide de volontaire obscurité. — Non, rien
de tout cela.— Il avait toujours marché par
le bon chemin, il avait toujours aimé le bien
avec sincérité; il avait toujours consacré
ses forces à chercher la vérité, et c'était en
pleurant qu'il affirmait ses négations déso-
lées.— Ah! qu'il eût volontiers donné toute
sa science pour être l'ignorant qui adore!

En proie à ces réflexions, le corps las,
l'esprit fatigué, il commençait à s'assoupir,
quand un léger bruissement de robe lui fit
ouvrir les yeux. C'était Antoinette qui
venait l'appeler. Il se hâta de la suivre. Le
moment suprême était venu.

La mourante sourit une dernière fois,
montra le ciel, murmura quelques mots
parmi lesquels on distinguait vaguement
ceux-ci : « Là-haut... au revoir !... » Puis
tout fut fini.   .   .   .   .

.   .   .   .

— Vous continuerez, n'est-ce pas ? à venir
nous voir sinon en médecin, toujours en
ami ? dit M. de Laurières, quand le docteur
se retira.

— Je ne saurais m'en passer, répondit-il.

Il pressa respectueusement les mains
d'Antoinette dans les siennes. Elle pleurait
en silence. Alors, il sentit que ces pleurs,
il donnerait sa vie pour les essuyer, et que
son plus cher intérêt serait désormais de
refaire un intérieur, de rendre un peu de
bonheur à cette orpheline. Il comprit qu'il
l'aimait de toute son àme, qu'il l'aimait
pour toujours, et, fort de la sincérité de
ses sentiments il prit la résolution de de-

mander sa main aussitôt que les convenan-
ces le permettraient.

Mais avait-il quelque chance d'être agréé ?
Sans doute, il manquait de naissance, mais
il avait une situation honorable, — il était
riche plus qu'on ne le croyait, grâce à un
récent héritage ; il pouvait donc offrir, avec
un nom considéré, une fortune suffisante ;
il pouvait garantir à sa compagne une
existence douce, à l'abri des soucis comme
de l'envie, et puis il travaillerait encore :
avec quelle ardeur lorsque ce serait pour
elle !... Cependant comment espérer qu'elle
consente jamais, elle si croyante, si ferme
catholique, à épouser un libre penseur ?...
Oui, sans doute, elle avait pour lui une
amitié véritable, empreinte d'un mélange
de compassion... S'ils étaient d'accord sur
beaucoup de points, ils pensaient différemment sur les choses les plus fondamen-
tales... N'y avait-il pas une barrière infran-
chissable ; l'impossible ne les séparait-il

pas ? — Et pourtant, le devoir pouvait-il être assez cruel pour lui défendre de devenir sa femme parce qu'il ne partageait pas toutes ses convictions ? Appartenir à l'homme qu'on estime, qu'on aime, n'est-ce pas un droit sacré ? Or elle l'estimait, elle le lui avait dit souvent... mais est-ce qu'elle l'aimait ?

Et c'est ainsi qu'en proie à mille pensées confuses, tantôt il espérait, tantôt il craignait, se posant toujours pour conclusion la question redoutable : Est-ce possible ?

Cette incertitude devenait intolérable, il fallait en sortir à tout prix ; d'ailleurs il ne voyait plus mademoiselle de Laurières assez à son gré. Maintenant qu'il n'avait plus de raison de venir presque chaque jour pour donner ses soins à sa mère, c'est à peine s'il osait faire chaque semaine une visite ou deux, visites qui lui semblaient toujours trop courtes. Parfois il se les reprochait comme des indiscrétions, regrettant les

jours passés, où ses fonctions justifiaient
ses sentiments secrets. Avec quelle impatience cependant, une de ses visites finies,
n'attendait-il pas le jour qu'il s'était fixé
pour la suivante, sa raison luttant contre
son amour, et que de fois, au chevet d'un
mourant, ne lui arrivait-il pas de se sentir
poursuivi dans le secret de son cœur, à
travers le silence d'une agonie, par une lumineuse vision !...

VII

On était à la fin de septembre. Le feuillage des bois se colorait à peine de ces premières teintes dorées ou rougeâtres qui le
varient à l'infini ; l'air avait de tièdes parfums. La journée était claire, chaude, en-
soleillée. Le docteur avait toujours eu une
prédilection pour cette saison douce et rêveuse. L'automne, se disait-il, a ce charme
des choses qui ont accompli leur tâche. La
nature semble se recueillir un moment
devant son œuvre terminée. Tout a poussé,
tout a fleuri, tout est mûr : c'est le repos
dans toute sa plénitude et l'achèvement
dans toute sa gloire.

A deux heures, par une rencontre assez
rare, il se trouvait libre ; toutes ces visites
de malades étaient achevées ; personne ne
l'attendait plus. Il se rendit à l'écurie sella
lui-même son cheval et se dirigea vers la
Buissonnière, en suivant de préférence,
pour mieux s'appartenir, les étroits chemins
fleuris qui serpentaient entre les haies.

De joyeuses pensées remplissaient son
esprit. Il songeait d'avance à l'accueil qu'il
était sûr de rencontrer dans la maison hos-
pitalière, au franc sourire, à la cordiale
poignée de main qui lui étaient réservés.
Il ne pouvait se le dissimuler, sa présence
y ét : toujours bienvenue. C'était plus que
de la politesse qu'on lui témoignait. Tout
doucement, ses efforts, presque à leur insu,
l'intimité s'était établie entre eux, et maintenant il semblait qu'il eût sa place marquée à ce foyer, sa part faite dans ces
cœurs. Puis il était entré dans les habitudes de M. de Laurières, et les habitudes

deviennent, avec l'âge, une part nécessaire de la vie.

Chez Antoinette, c'était plus et mieux que l'habitude qui lui rendait douce la présence de M. Mesnard. En lui elle voyait un ami, une sorte de protecteur. Elle s'était attachée à lui par tout le bien qu'elle désirait lui faire et par le bien aussi qu'il lui avait fait à son tour. N'était-ce pas à lui qu'elle devait tout ce qui avait en quelque sorte agrandi son existence, en élargissant son horizon, en dirigeant son intelligence vers tant de sujets nouveaux ! Que de grandes questions n'agitaient-ils pas ensemble ; que de fois leurs regards tournés vers le ciel n'en interrogeaient-ils pas les profondeurs ; elle, hésitant à affirmer dans son désir d'être d'accord avec lui ; lui tremblant de douter devant elle. Ils se cherchaient, ils avaient besoin de s'entendre, et leurs esprits, penchés l'un vers l'autre, brûlaient de s'unir dans les mêmes

idées, dans les mêmes croyances. — Mais,
s'il n'y parvenaient pas, du moins la plus
absolue confiance régnait entre eux. — Ils
croyait bien l'un dans l'autre. — Les assi-
duités de M. Levasseur qui d'abord avaient
porté ombrage au docteur, avaient bientôt
cessé de le troubler. La jalousie, ce douloureux sentiment qui en renferme deux en
un, la jalousie faite à la fois d'amour et de
haine, n'avait pas tardé à lui sembler indigne et de lui-même et de celle qui en
était l'objet. Non, il le comprenait bien, il
n'y avait de place pour nul entre eux. Il
pouvait, plein d'un doux orgueil, plein
d'une fière sérénité, se reposer en paix
dans son affection.

C'est dans ces dispositions, ces rêveries,
ces sentiments émus qu'il approchait de la
Buissonnière, quand, à peu de distance des
bois, il rencontra M. de Laurières, qui, le
fusil au bras et son chien derrière lui, par-
tait pour la chasse.

— Ah ! c'est vous, docteur, dit-il en l'appercevant ; vous allez chez moi ! Quelle mauvaise fortune ! J'ai rendez-vous à la garenne, avec mon voisin, M. Levasseur, et je lui ai tellement promis de le rejoindre que je ne saurais lui manquer de parole. J'espère que vous voudrez bien m'excuser.., Mais Antoinette n'est pas sortie et elle sera heureuse de vous recevoir.

— Alors je continue, puisque vous le permettez, répliqua le docteur ; je me dédommagerai en parlant de vous avec mademoiselle de Laurières. Bonne chasse !

Et il s'éloigna, le cœur lui battant fort à l'idée de la rencontre décisive qui s'offrait à lui. Les abords de la maison étaient silencieux, les paons faisaient la roue sur la pelouse à côté du vieux chien de garde qui sommeillait à l'ombre, et les dernières roses exhalaient un parfum adouci dans les corbeilles. Il se dirigea vers l'écurie, attacha son cheval, puis, franchissant le perron et traversant l'antichambre, il alla droit au salon et frappa doucement. Elle devait se trouver dans la fenêtre entr'ouverte.

— Entrez, dit-elle.

Elle avait retourné la tête tout en restant assise.

Mais, en voyant que c'était lui, elle cacha vivement un papier sur lequel elle écrivait et, se levant, vint à sa rencontre d'un air légèrement embarrassé.

— Je vous dérange? demanda-t-il.

— En aucune façon.

— Pourtant n'étiez-vous pas occupée à écrire? il m'a paru...

— Ah! vous avez vu?

— Oui, vous n'êtes pas habile à dissimuler. Mais pourquoi?

— Vous avez raison; pourquoi ne pas être franche? pour vous cacher ce qui n'a rien que de très avouable? Eh bien, oui, docteur, j'écrivais... quoi?... Vous mourez d'envie de le savoir?

Elle alla à la table, prit d'une main un livre anglais, de l'autre un cahier couvert de ratures, et mettant l'un et l'autre sous ses yeux :

— Tout simplement, je traduisais.

— Ah!... cela vous amuse.

— Cela m'amuse comme tout ce qui donne un peu de peine. Mais je veux être sincère jusqu'au bout : ce n'est pas pour m'amuser seulement que je traduis; c'est parce qu'il faut que je travaille...

— Vous?

— Nous ne sommes pas riches, vous ne l'ignorez pas. Ma mère autrefois, mettait un peu d'aisance dans la maison, en faisant de merveilleuses broderies qui lui étaient commandées par un grand magasin de Paris, et payées fort cher. Moi je ne suis pas aussi habile qu'elle et j'ai les yeux trop délicats; c'est tout juste si je parviens de temps à autre à fabriquer quelque ornement pour ma petite église de Mortelles. Mais j'ai obtenu d'un libraire la tâche de traduire quelques ouvrages étrangers. C'est assez bien payé, et cela, en outre, a l'avantage de m'empêcher d'oublier ces belles langues dont on perd si vite l'usage lorsqu'on n'a pas l'occasion de les cultiver. Ainsi, vous voyez ajouta-t-elle en riant, je suis bonne à quelque chose dans ce monde, et j'en suis très fière. Je gagne ma vie tout comme vous!

— Comme moi, répéta-t-il fort troublé de se voir un moment confondu avec elle, et en même temps ravi de la similitude.

— Je vous prie, n'en parlez pas à mon père, continua-t-elle. Pauvre père! il voulait renoncer à son seul plaisir en affermant sa chasse; qu'auraient dit nos pauvres chiens? Quand j'ai vu cela, je me suis mise à l'œuvre bien vite, sans lui en rien raconter. Non seulement je n'en ressens aucune fatigue, mais j'y trouve, au contraire, une distraction précieuse dans ma solitude.

— En effet, vous devez parfois vous trouver bien seule.

— Très seule. Mais pourtant je ne m'ennuie pas. Il y a une grande différence entre la tristesse et l'ennui. Elle fortifie tandis qu'il délabre. Ce que je sens, c'est du vide... et non du découragement.

— J'ai souvent remarqué que vous étiez vaillante.

— Il le faut bien. Je déteste tout ce qui est stérile, et rien ne l'est plus que les oisifs mécontentements ; et puis, après tout, suis-je à plaindre ? Je me dis que non quand je contemple autour de moi la misère matérielle, la pire de toutes, car en elle il n'y a rien qui agrandisse l'âme : le fardeau qui accable courbe vers la terre au lieu de relever vers le ciel. Souffrir moralement ne sera jamais rien, je le crois, en comparaison de mourir de faim. La souffrance physique a cela d'affreux qu'elle entrave toutes les facultés de l'intelligence.

— Peut-être ! Puis il est rare que la souffrance morale ne soit pas bercée de quelque consolation. N'a-t-on pas toujours l'espérance ?

— Oui, souvent du moins, et non seulement l'espérance, mais la résignation aussi.

— Tout cela ne vaut pas encore le bonheur.

— Le bonheur... répéta-t-elle, et elle devint rêveuse.

— Oui, le bonheur, ce bien suprême auquel toute créature aspire ; savez-vous ce que c'est ? vous l'êtes-vous jamais figuré !... Le bonheur, c'est-à-dire le sentiment partagé dans la vie à deux, une réciproque estime, un mutuel dévouement, de communs intérêts, un avenir semblable, un but à l'effort de chaque jour et à chaque jour un lendemain, une ardeur au travail, une raison d'être à sa propre existence, une lumière à son foyer, une flamme dans son cœur...

— Docteur, dit-elle en se tournant vers

lui un peu rougissante et le sourire aux
lèvres, il faudra que vous soyez heureux
ainsi. De toute mon âme, je le désire.

— Vous le désirez!... c'est presque le
promettre; car, est-ce que vous ne le savez
pas? ce bonheur dépend de vous seule...

Il s'arrêta un peu effrayé de son audace
et se reprochant d'avoir failli, dans un moment d'entraînement irrésistible, à la résolution qu'il avait prise de n'exprimer ses
sentiments à mademoiselle de Laurières
qu'après s'être assuré de l'assentiment de
son père. Cependant elle le regardait et
son visage exprimait une sincère surprise.

— Pardonnez-moi, mademoiselle, continua-t-il, vous êtes seule, vous me recevez
en ami. Je dois me montrer digne de votre
confiance; je dois me taire jusqu'à ce que
j'aie obtenu de M. de Laurières l'autorisation de parler.

—Mon père ne désire autre chose que de
me voir heureuse, répondit-elle simplement.

Alors il prit sa main dans les siennes, et tout à fait troublé par ces paroles, qui lui semblaient un encouragement, il la porta à ses lèvres ; puis comme elle ne la retirait pas :

— Croyez-vous, dit-il, qu'il vous soit possible d'avoir de l'affection pour quelqu'un qui pense si différemment de vous sur les questions les plus importantes ?

— Je le crois, répondit-elle. On peut penser de même et pourtant ne pas s'estimer, comme on peut avoir une estime profonde tout en ne pensant pas de même. N'est-ce pas, d'ailleurs, ce que vous faites aussi à mon égard ? Et puis, continua-t-elle avec une grâce charmante, que de points de contact n'avons-nous pas, monsieur ? combien il nous arrive de nous entendre dans une mutuelle sympathie, d'être d'accord sur une idée, de nous rencontrer dans un sentiment pareil ; que de goûts partagés, que de jouissances communes ! Nous avons tous deux le même amour de la nature, le même intérêt aux nobles choses, le même plaisir à cultiver les arts et surtout la même ardeur à chercher le bien. Que de fois nos cœurs ont battu à l'unisson, que de fois nos regards se sont tournés en même temps vers l'infini! Si nous nous séparons parfois, nous nous retrouvons souvent. Ce que je possède ne le cherchez-vous pas ?

— Ah ! vous êtes bonne, vous êtes généreuse, vous ne voulez pas me reprocher ce qui m'est imputé comme un crime, l'indépendance de mes opinions... Vous ne prétendez pas que douter soit une faute...

— Rien de ce qui est sincère n'est coupable. On appelle trop facilement mal ce qui n'est que malheureux. Le doute n'est pas une négation ; dans une âme de bonne volonté, ce n'est que l'acheminement plus lent vers la lumière...

Elle était très belle en parlant ainsi, douce,

grave, avec quelque chose d'inspiré dans le regard et l'esprit si dégagé d'elle-même, qu'elle semblait un instant avoir oublié qu'en somme il s'agissait de sa propre destinée. Cependant une sorte de rayon illuminait son visage. Ne se sentait-elle pas aimée, ne prenait-elle pas possession des ivresses de la vie !

Il la contemplait avec admiration. Sa robe de laine noire faisait ressortir encore la blancheur de son teint et l'élégance de sa taille, tandis que le soleil, qui remplissait de ses chauds rayons la croisée, baignait sa chevelure dans les flots de lumière et semblait faire une auréole autour de sa jeune tête.

— Il faut partir, dit-il, s'arrachant aux charmes de cet entretien, et en attendant que je parle à M. de Laurières, merci, Adieu, du fond de mon cœur, pour les sentiments inespérés que vous voulez bien me laisser entrevoir...

VIII

C'était une grande joie pour M. Mesnard,
lorsqu'il avait quelques moments de liberté
de les passer doucement chez lui dans un
repos légitime. Il aimait sa demeure ; il
apportait à l'orner un sentiment d'artiste,
un goût parfait dans sa simplicité, et sa
meilleure jouissance était de s'enfermer
avec ses livres dans son cabinet. C'était une
large pièce un peu sombre, recueillie d'aspect, bien préparée pour l'étude. De larges
bibliothèques de chêne entouraient les murs ;
quelques belles gravures surmontaient les
portes ; sur la cheminée et dans les angles

deux ou trois statuettes en bronze lui rappelaient les grands exemples des maîtres de
son art. Les croisées s'ouvraient d'un côté
sur un étroit jardin rempli de fleurs, de l'autre, sur les vastes horizons de la campagne.

Quel bonheur pour lui, lorsqu'il rentrait
le soir, brisé par ses courses lointaines,
brûlé par le soleil ou trempé par les brouil-
lards, de se trouver seul quelques heures
dans cette paisible retraite. Alors il se plon-
geait dans ses livres, dans ses travaux, puis
il oubliait le monde entier, perdu dans ce
monde infini de la science. Il est vrai qu'il
était toujours menacé d'être rappelé à la
vie réelle par un de ces coups de sonnette
impérieux qui dissipaient le rêve. Mais cette
perspective même ne faisait que rendre la
jouissance plus âpre, le repos momentané
plus enchanteur.

M. Mesnard venait de rentrer, comptant
bien passer toute l'après-midi dans le silence
et la paix.

12.

Tout à coup la sonnette retentit de nouveau, mais plus discrètement que d'habitude. Il n'était pas difficile de deviner qu'elle était agitée par une main moins lourde que celle des fermiers du voisinage, et dans le pressentiment d'une visite exceptionnelle, Monique se hâta de rabattre le pan de son tablier blanc pour aller ouvrir.

— Vous, ici, mademoiselle ! s'écria-t-elle toute ravie, en se trouvant en face d'Antoinette, qui s'avançait accompagnée de M. de Laurières.

Elle était très jolie sous son long voile de deuil, le teint un peu animé, l'air à la fois timide et souriant.

— Que vous êtes aimable d'avoir pris la peine de venir jusque chez moi, dit M. Mesnard qui l'avait aperçue de sa fenêtre et qui s'empressait de venir au devant d'elle ; et vous, monsieur, n'est-ce pas une course bien longue que vous vous êtes imposée en mon honneur ?

— Nous sommes venus dans la voiture du meunier, répondit M. de Laurières avec entrain, et nous n'aurons à faire la route à pied que pour retourner à la Buissonnière. J'ai bien vivement regretté l'autre jour de ne pas vous y recevoir. Puis il me tardait, cher docteur, de vous remercier chez vous de tous les excellents soins que vous avez donnés à ma chère femme, et en même temps de m'acquitter — comme je le puis — de ma dette matérielle envers vous. Quant à celle de la reconnaissance pour votre affectueux dévouement, je n'espère pas m'en libérer.

Il lui tendit la main, tandis qu'il posait sur la table un rouleau cacheté. Antoinette, toute rougissante, baissait les yeux. Elle sentait qu'il devait être pénible à son ami d'être payé comme un indifférent, et cependant il ne pouvait en être autrement. Puis elle ne l'avait pas revu depuis leur conversation de la semaine précédente, et il était évident que tous deux en retrouvaient l'émotion en se rencontrant. Quant à M. de Laurières, qui ne savait rien, il conservait, avec son enjouement, sa bonne grâce ordinaire.

— Quel joli nid que le vôtre, dit-il en promenant ses regards autour de lui.

— Un nid désert, un cadre vide, répliqua M. Mesnard.

— Vous vous marierez ?

— Je le désire.

— Vous savez qu'en province on n'admet pas qu'un médecin ne soit pas marié. C'est contre l'usage ; cela même, à la longue, s'interprète défavorablement, comme tout ce qui n'est pas ordinaire.

— Ce n'est pourtant pas pour la satisfaction des bonnes âmes timorées de Dommeray que je compte me marier. J'espère le faire pour des raisons plus personnelles, plus élevées...

Et involontairement, son regard se porta vers Antoinette, puis il reprit :

— En attendant, on me marie à qui
mieux mieux. L'autre jour, on avait décidé
que j'épousais la fille du notaire, pour le
seul motif probablement, que cette jeune
personne se pique d'indépendance dans les
idées et, dans le but de me plaire, se donne
toutes les peines du monde pour avoir l'air
d'être antireligieuse. Or, je ne connais rien
de plus déplaisant qu'une femme sans
croyances...

— En ceci, reprit en souriant M. de Laurières, vous n'êtes pas très conséquent avec
vous-même.

— Je ne sais, mais, il me semble que la
foi sied aux femmes. Elles les revêt toutes,
qu'elles soient jeunes ou vieilles, d'un
charme infini ; elle leur donne la grâce, la
douceur, une sérénité toute particulière.
Douter, raisonner, discuter, me semble aussi
choquant chez elles, que naturel chez
l'homme.

— Soit ! mais ne pensez-vous pas que,

dans le mariage, il est assez bon d'avoir des idées communes ?

— Peut-être. Cependant il me semble que je ne serais pas fâché si celle que j'aime en avait de meilleures que moi.

Ils causèrent ainsi quelque temps, gaiement et simplement. Puis Antoinette se leva, en témoignant le désir de s'arrêter un moment à l'église avant de rentrer à la Buissonnière. Ce même jour, trois mois auparavant, elle avait perdu sa mère.

— Permettez-moi de vous accompagner jusque-là, dit M. Mesnard. Je vais à l'hôpital, tout à côté.

Et ils sortirent ensemble.

— Entrez-vous un moment avec nous? hasarda mademoiselle de Laurières, d'un ton insinuant, tandis qu'il poussait devant elle la lourde porte de chêne.

— Non, dit-il avec effort, quelque désir que vous m'en donniez. Je ne saurais m'agenouiller là en curieux ou en indifférent, et en chrétien, je ne le puis pas, vous le savez.

Il avait pris sa main dans la sienne ; Il la retint un instant puis, la quittant comme à regret, il s'éloigna vers l'hôpital.

Une demi-heure plus tard, M. de Laurières et sa fille se retrouvaient sur le petit chemin de gazon qui, entre deux haies, conduisait de la ville à leur habitation. Tous deux étaient pensifs. Ce fut lui qui parla le premier.

— Sais-tu, ma chère enfant, ce qui me préoccupe un peu depuis notre visite à ce bon docteur?... Je vais te l'avouer franchement et te demander si toi-même tu ne t'en est pas aperçue. Je crains qu'il ne pense à toi?...

— A moi, mon père ! s'écria-t-elle toute rougissante.

Puis avec sa sincérité ordinaire :

— Eh bien, oui, cela est vrai, il pense à moi. Ses paroles, la dernière fois qu'il est venu à la Buissonnière, ne me permettent pas d'en douter.

— Comment! il te l'a laissé entendre?

— Oui, mon père, et en ajoutant qu'il avait l'intention de s'entretenir avec vous à ce sujet.

— Voilà qui devient embarrassant!...

— Pourquoi, mon père?...

— Parce que tu ne songes pas, je suppose, à l'épouser?

— Aurais-je vraiment tort d'y songer?

— Je t'avoue que je ne comprendrais pas, ma fille, que tu puisses avoir l'idée de choisir pour mari un homme si complètement séparé de nous par les croyances... à moins que tu ne l'aimes?...

Antoinette baissa la tête et ne répondit pas.

Après quelques instants de silence, M. de Laurières reprit :

— Seul et désormais chargé de remplacer ta mère auprès de toi, désireux de te tenir

le langage qui eût été le sien, j'en suis sûr,
je crois devoir t'engager, ma chère fille, à
réfféchir sérieusement avant de faire un
acte aussi grave. J'estime sincèrement
M. Mesnard, je le tiens pour le plus galant
homme qui se puisse voir; sa fortune est
suffisante pour la nôtre, son nom honorable,
sa personne sympathique. Mais, et c'est là
un terrible mais, il n'est pas des nôtres. Il
n'en est pas par la naissance, ce qui est
secondaire ; il n'en est pas surtout par
l'éducation morale et les idées supérieures.
La loi qui nous guide, les pensées qui ani-
ment notre vie lui sont étrangères. Ses as-
pirations ne sont pas les nôtres. En un mot,
son âme et la tienne ne sont pas du tout
orientées du même côté. C'est là une grave
objection lorsqu'il s'agit de confondre deux
existences pour jamais. Je me souviens, et
sa voix s'attendrit, je me souviens de la
douceur que j'éprouvais de me sentir
d'accord avec ma femme sur ces grandes

13

questions éternelles, les seules importantes après tout. Sa vie, comme la mienne, puisait son inspiration à le même source. Nous suivions le même chemin, nous marchions vers le même but; nous priions ensemble; la même reconnaissance envers Dieu nous rendait plus chères nos joies, la même soumission à sa volonté nous consolait dans nos peines, une même espérance nous apprenait à nous supporter mutuellement; nos cœurs enfin parlaient la même ngue...

Il s'arrêta, vaincu un moment par l'émotion de ses souvenirs.

— Tu souffriras, mon enfant, de te sentir si séparée de celui que tu devras aimer par-dessus tout, de celui que tu éprouveras le besoin d'approuver constamment.

— Eh bien, répondit-elle, si je dois en souffrir, ce sera avec bonheur que j'accepterai ma peine, parce qu'elle ne sera pas sans espérance...

M de Laurières prit les deux mains de sa fille dans les siennes.

— Je vois que tu ne l'aimes que trop, mon enfant. Peut-être ai-je été imprudent en ne songeant pas à ce péril. Il eût été plus sage de ne pas admettre dans notre intimité, si excellent qu'il fût, un homme si peu associé au fond même de notre existence. Plusieurs personnes ont cherché à me le faire comprendre. Cela m'a paru de l'intolérance, et cependant je me demande aujourd'hui si elles n'avaient pas raison.....

— Non, non, elles n'avaient pas raison, mon père. Pourquoi regretter que ce noble cœur se soit donné à moi ? Dans quelle main plus loyale pourrais-je mettre la mienne ? A qui pourrais-je confier ma vie avec plus de sécurité !...

— Alors tu es décidée ?

— Non, j'ai besoin de réfléchir encore, d'interroger plus mûrement ma conscience. Mais ce que je sens, c'est que désormais je ne saurais devenir la femme d'un autre.

— Eh bien, ma chère fille, il va sans doute venir me demander ta main, me prier de l'autoriser à t'exprimer des sentiments qu'il t'a déjà, tu l'avoues, laissé entrevoir. Mais j'exige que tu ne décides rien avant un mois au moins. Je veux que tu me promettes de songer longuement, froidement s'il se peut, au grand obstacle qui vous sépare. Il faut prier Dieu qu'il t'inspire ce que tu dois faire. Il faut que tu te soumettes à l'avance à ce qu'il te dictera, et que, là comme toujours, ce que tu cherches avant tout, ce soit de bien faire...

— Je le promets, dit-elle avec solennité, je le promets à vous, mon père, à la chère âme qui veille sur moi, à Dieu que je supplie de m'éclairer et de me conduire !...

Et, graves tous deux, ils rentrèrent.

IX

M. Mesnard n'avait pas tardé à revenir au
petit château et, après une longue conversation avec M. de Laurières, il avait obtenu
de lui l'autorisation de plaider sa cause auprès d'Antoinette. Il s'en était acquitté
avec chaleur, inspiré par la passion sincère
qui lui prêtait une véritable éloquence. Cet
honnête cœur, qui n'avait jamais battu
jusqu'alors et qui se croyait lui-même in-
sensible, avait trouvé tout à coup une ardeur qui lui avait révélé sa propre jeunesse.
Cet homme de science et de labeur, rendu
grave avant l'âge par la pratique constante

du devoir, était revenu en aimant à sa nature première : tendre, gaie, charmante,
presque enfantine dans sa simplicité. Il se
dévoilait sous un aspect nouveau, alliant
une gaucherie pleine de bonne grâce et les
qualités les plus aimables à ce je ne sais quoi
d'austère qui subsistait toujours au fond de
son être. Elle l'avait écouté, elle le contemplait émue, ravie, lui laissant sa main, lui
livrant son regard, lui ouvrant son âme, ne
dissimulant pas la sympathie qu'il lui inspirait, lui avouant tout le bonheur qu'elle
sentait à être aimée, mais le suppliant aussi,
— elle l'avait promis, — de la laisser longuement réfléchir avant de prendre une détermination suprême.

— A quoi bon? lui disait-il, puisque vous
convenez vous-même que...

— Que vous m'êtes cher. Eh bien, oui,
j'en conviens. Pourquoi nier ce qu'il est
doux de répéter. Aussi ce que j'examine, ce
n'est point si je pourrais vous aimer assez

pour devenir votre femme. Cela, je le sais;
mais je me demande si j'en ai le droit.

— Le droit?

— Oui, si ce n'est point trahir indirectement ce que je crois, que de confier ma vie
à celui qui ne partage pas ces croyances.

— Vous savez cependant que si je ne les
partage pas, je les respecte ; mieux encore,
je les aime comme tout ce qui fait partie de
vous. Vous savez que je me ferais une loi
de ne jamais chercher à les ébranler dans
votre esprit, de ne vous détourner en rien
de leur pratique, enfin que je ne refuse pas
de m'incliner à côté de vous, sous la bénédiction divine, le jour où vous voudrez bien
mettre votre main dans la mienne. Après
cela que pouvez-vous craindre ?

— Je ne sais ; si mon cœur était plus
libre à votre égard, je redouterais peut-être
moins qu'il n'étouffe à mon insu la voix de
ma conscience. Je vous aime et je me demande si ce n'est pas là ce qui m'aveugle

ur l'imprudence, sur la faute peut-être
que j'incline à commettre?

— Vous m'aimez, vous venez de le dire,
et vous hésitez? Vous m'aimez, et quand je
devrais être tout à l'ivresse de cet aveu,
vous venez me glacer par de vains scru-
pules?

— Enfin, dit-elle, n'en parlons plus en
ce moment. Aussi bien est-ce chose trop
personnelle pour être ainsi discutée, jouis-
ons en paix de ce temps mêlé d'incertitude et d'espérance, d'anxiété et de joie,
d'ombre et de lumière, mystérieux comme
l'avenir, comme la vie peut-être, de ce temps
que j'ai fixé à ma réflexion. Jouissons de
nous voir chaque jour, libres, confiants,
pleins de sérénité dans la résolution de bien
faire, pleins de calme dans une mutuelle
estime. Goûtons le présent béni qui est si
bon déjà, que nous devrions nous compter
à jamais parmi les heureux alors même que
'avenir nous serait refusé, et promettez-moi,

quel que soit l'arrêt dicté ensuite par la grande voix intérieure que j'interroge, promettez-moi, et elle prit sa main dans la sienne, avec solennité de ne m'en vouloir jamais, de me garder toujours une affection sincère !...

— N'est-ce pas pour l'éternité que je suis à vous ?

Ils se revirent ainsi par ces belles journées d'octobre, pleines de brume et aussi par moments pleines de rayons, écoutant tour à tour les harmonies de la nature et les battements de leur cœur. L'un près de l'autre sur le vieux banc recouvert de mousse, la main dans la main, ils causaient, et, involontairement, les projets, les plans d'avenir se glissaient dans leur entretien. Ils se prenaient à dire *nous*, et sur leurs têtes, inclinées l'une vers l'autre, semblait planer comme le voile que l'on étend dans l'église sur les jeunes époux, une joyeuse espérance se déroulait sous la voûte du ciel.

Heureux, aimé, confiant dans la destinée, le docteur rentrait chaque soir chez lui, bercé des plus douces pensées. Il entrevoyait le moment où, au retour, il ne trouverait plus la maison vide, le foyer désert. Déjà même il lui semblait voir de frais visages lui sourire, il croyait entendre une voix chérie lui souhaiter la bienvenue.

Dans le pays aussi, on commençait à parler tout haut du prochain mariage de mademoiselle de Laurières avec M. Mesnard, mariage qui ne laissait pas que d'inquiéter quelques bonnes âmes. Comment, cette jeune fille que l'on croyait si pieuse! Qu'est-ce qu'aurait dit sa pauvre mère?

On touchait à la fin de ce long mois qu'elle s'était réservé.

— Dans huit jours, lui dit-il un soir en la quittant, dans huit jours je saurai donc mon sort.

Et elle répéta :

— Oui, dans huit jours, qui sait, peut-être même avant !

Elle souriait, et il partit presque aussi heureux que s'il eût emporté avec lui son consentement.

Poussé par une mystérieuse impatience de bonheur, il se retrouva sur la route de la Buissonnière le lendemain matin, à une heure à laquelle jusqu'alors il ne s'était pas permis de se présenter.

— Où vas-tu comme cela, petite Flavie, demanda-t-il gaiement à une fillette de six ans, qui suivait, ainsi que lui, le chemin ses livres sous le bras, ses sabots à la main, comme ont coutume de faire les enfants qui se rendent à l'école.

— Monsieur, je vais chez la demoiselle.

— Chercher des remèdes, sans doute, pour la mère, ou des vêtements, peut-être même quelques jouets?

— Non monsieur, c'est l'heure de la leçon.

— De la leçon ?

— Est-ce que Monsieur ne sait pas que, trois fois la semaine, mademoiselle Antoinette nous réunit sept ou huit que nous sommes du hameau de Ramilly, où il n'y a point d'école ni de sœurs, pour nous faire la classe ?

— Ah ! vraiment, je ne savais pas...

Le docteur avait mis son cheval au pas n causant avec l'enfant, de telle sorte qu'ils arrivèrent ensemble à la Buissonnière.

— Vous, si matin ! dit Antoinette qui se tenait sur la porte, entourée de ses petites filles et qui rougit vivement en l'apercevant.

— Je vous dérange ?

— Un peu, comme vous voyez.

— C'est que j'ignorais que vous étiez occupée de la sorte à cette heure. Vous ne m'aviez jamais dit... Voulez-vous me permettre d'assister ?...

Elle hésita.

— Cela va m'intimider beaucoup, cependant je ne saurais vous refuser une si pauvre faveur. C'est dans cette pièce, au rez-de-chaussée, que je fais ma classe. Mettez-vous là en dehors, sous la croisée qui reste ouverte, je ne vous verrai pas, elles non plus, cela nous troublera moins et vous assisterez cependant à la leçon, puisque vous le désirez.

Elle entra dans une sorte de parloir qu'il avait jusqu'alors pris pour une lingerie et où il aperçut, ses regards y pénétrant pour la première fois, avant que la porte se fût refermée derrière elle, un long banc de bois blanc, quelques pupitres et dans le fond un grand christ suspendu à la muraille. Il y eut un petit moment de bruit, les enfants déposant les uns à côté des autres tant les sabots que les paniers et se dépouillant de leurs capelines ; puis un profond silence se fit. Alors une voie claire et ferme, la voix de mademoiselle de Laurières s'éleva, disant la prière ; puis, après elle, toutes les voix enfantines la répétèrent, faisant vibrer la salle sonore. Ensuite la leçon commença simple, animée, souriante en quelque sorte. Et lui, contemplant le gracieux tableau écoutait attendri, charmé, sans pouvoir se résoudre à s'éloigner.

Lorsque au bout d'une heure, elle vint le rejoindre, le docteur qui, pour sa part, était plein des plus douces impressions, fut singulièrement frappé de l'étrange changement qui s'était opéré en elle tout d'un coup. Une extrême pâleur avait succédé à l'animation de son visage ; la gaieté qui, tout à l'heure, rayonnait sur son front, avait disparu. Elle semblait grave et préoccupée. — Elle s'efforça de soutenir la conversation avec sa bonne grâce accoutumée ; mais on sentait sous l'effort un visible malaise.

— Vous êtes souffrante ? demanda-t-il.

— Non, pis que cela, je suis malheureuse.

Et une larme brilla dans ses yeux.

— J'ai une faveur à vous demander, ajouta-t-elle en respirant péniblement ; vous ne me la refuserez pas. — Mon ami, je vous prie de rester quelques jours sans venir ici. — Votre présence ne me laisse pas toute la liberté dont j'ai besoin pour me recueillir en cet instant solennel. — Je croyais toucher à l'heureux moment de vous dire oui, j'avais résolu que ce serait aujourd'hui même, et tout à coup une circonstance inattendue, un fait bien simple en apparence, m'a conduit à entrevoir la plus terrible des impossibilités... Mais je ne sais pas encore... j'ai besoin d'être seule... je souffre cruellement... Excusez-moi ; dans quelques jours, quand je me serai entendue avec moi-même, quand je serai sûre, je vous écrirai pour vous prier de venir m'entendre.

Son visage était baigné de larmes ; elle

lui tendit ses deux mains. Il les prit dans les siennes, et tandis qu'il les y retenait, il s'efforça, le regard rapproché du sien, d'y lire ce qui se passait dans son âme ; mais rien ne vint l'éclairer.

Ce qu'elle avait, ce qui pouvait être survenu, l'éclair de lumière soudaine qui l'avait frappée la source d'où cette lumière, avait surgi en un instant : il lui fut impossible d'en rien deviner.

Il s'éloigna, bouleversé de l'affreux pressentiment qu'elle était perdue pour lui, mais sans pouvoir parvenir à en discerner l'incompréhensible raison.

X

En se voyant entourée de ce qu'elle avait
coutume d'appeler ses petites filles, et cela
pour la première fois de sa vie, avec M. Mesnard à ses côtés, Antoinette s'était trouvée,
par un entraînement d'idées bizarre au premier aspect et pourtant bien naturel, amenée
à songer tout à coup aux enfants qu'elle
aurait peut-être un jour. La perspective de
son mariage presque résolu, la présence de
celui qu'elle aimait, cette leçon donnée
devant lui, avaient évoqué à ses regards,
d'abord joyeusement émus, de confus tableaux d'avenir dans lesquels apparaissaient

de blondes têtes. Lui-même n'avait-il pas
été, en même temps qu'elle, charmé par
de semblables visions? Mais, à ces images
riantes, en avaient bientôt succédé d'autres :
celles-là amères, douloureuses. Ces enfants
que Dieu lui donnerait un jour peut-être,
s'il bénissait l'union qu'elle rêvait, leur père
ne leur enseignerait pas à prier, leur père
ne leur transmettrait pas une foi dont il
leur aurait toute sa vie donné le témoignage!
Que leur dirait-elle quand ils lui deman-
deraient pourquoi il ne s'agenouillait pas à
côté d'eux? Comment expliquer son absten-
tion? Pourrait-elle l'approuver? Avait-elle le
droit de le blâmer? Ni l'un ni l'autre. Quel
langage devrait-elle leur tenir? Non, non,
elle le comprenait bien, si, pour elle-même,
elle avait le droit d'accepter un mari qui ne
partageait pas ses convictions, un mari qui
ne pouvait pas dire : Je crois en Dieu; pour
ses enfants, elle n'avait pas celui de leur
donner un tel père. A eux elle devait le

trésor tout entier de lumière et d'exemple;
à eux elle devait des parents unis dans une
même croyance, les guidant ensemble de
leurs communs conseils puisés dans une
semblable foi. Ne pas leur en laisser leur
part tout entière serait pis que de leur
dérober leur patrimoine. Cela ne faisait pas
doute; l'hésitation n'était plus permise. Cet
obstacle, qu'elle sentait bien entre elle et
lui, sans avoir su jusqu'alors s'en rendre
compte, elle venait de le toucher, et maintenant, si elle souffrait, elle savait du moins
ce qu'elle devait faire. Elle était résolue,
oui résolue à renoncer à ce rêve, à sacrifier le bonheur, car le bonheur sans lui, elle
comprenait aussi qu'il ne pouvait plus
exister pour elle... Elle ne songea pas un
seul instant à se débattre contre sa conscience,
à nier la vérité. La vérité lui était apparue
éblouissante, elle s'inclina avec résignation.

Après quelques jours d'angoisse, elle
écrivit à M. Mesnard pour le prier de venir.

Alors, franchement, courageusement, plus
séduisante que jamais, à travers sa rougeur
et ses larmes, elle lui dit en vue de quels
chers intérêts elle pensait devoir renoncer
à lui ; elle lui montra toute sa douleur, en
même temps que toute sa résolution. Pâle,
il l'écoutait, frémissant de mille sentiments
à la pensée de ces êtres dont elle parlait
avec une noble simplicité, de ces êtres envers
lesquels elle se sentait responsable, que sa
sollicitude semblait suivre déjà, mêlant le
devoir aux plus pures joies de l'amour. Il
comprit mieux que jamais combien il l'aimait
et tout ce qu'elle valait réellement. Son dé-
sespoir de la perdre était immense, mais il
s'inclina à son tour. Il sentait bien après
tout qu'elle avait raison.

— Ainsi, c'est fini? dit-il.

— Fini du bonheur, oui, mais non pas
de l'affection qui, je l'espère, nous unira
toujours l'un à l'autre. C'est dommage, il
me semble que j'aurais fait une bonne

femme de médecin. C'était un peu ma vocation : l'aider à soigner les autres et le
soigner lui-même. Ah! mon ami, ajouta-t-
elle avec un sublime effort, qu'il est triste
que vous ne puissiez pas croire!..

— Je le voudrais de toute mon âme, j'ai
fait tous mes efforts sans pouvoir y parvenir. Toujours ma raison se révolte.

Elle garda le silence un moment, puis
elle dit :

— La foi, cette grâce inestimable, c'est
Dieu qui la donne, qui la donne à qui il
veut.

— Mais comment l'obtenir de lui?

— En aimant le bien, son image. Le
poursuivre avant tout, lui sacrifier toutes
choses, n'est-ce pas là une bonne volonté à
qui ce trésor sera accordé en récompense!
Ici ou là-haut, nous nous retrouverons,
j'en suis sûre... Je vous attendrai...

XI

A partir de ce jour, M. Mesnard cessa
presque entièrement ses visites à la Buissonnière. C'était doux de la voir, mais
c'était aussi bien douloureux. Il était tombé
de trop haut, la blessure était trop vive.
Puis la mauvaise saison était venue ; les
chemins, rendus presque impraticables par
un rigoureux hiver, servaient de prétexte
à ce que mademoiselle de Laurières appelait sa paresse à visiter ses amis. Les malades étaient nombreux ; sa clientèle, qui
s'étendait de jour en jour, l'accaparait entièrement. Lorsqu'il avait un moment à

lui, c'était pour se plonger dans ses livres :
il avait encore tant à apprendre! Il étudiait
avec passion les nouvelles découvertes de
la médecine, et puis aussi le cœur agité,
les yeux en pleurs, il s'enfonçait dans de
profondes recherches sur les questions reli-
gieuses. Mais bientôt le livre restait ouvert,
sans que sa main songeât à tourner la
page finie. Perdu dans les rêves, sa pensée
errait comme un fantôme autour de ce
petit coin de terre où il avait entrevu le
bonheur. Il évoquait la douce image;
s'oubliait et se consumait dans ses souvenirs...

. . . .

Un jour, on apprit à la Buissonnière
que le docteur était gravement malade.

— Père, il faut aller le voir, dit résolument mademoiselle de Laurières.

— Tu as raison, dit-il, je t'accompagnerai.

Et ils se mirent en route par les chemins
couverts de neige, marchant vite, en silence,

pleins d'angoisses ; elle, obligée de s'appuyer à son bras.

— Comment va-t-il ? demanda Antoinette avec anxiété à la vieille Monique, quand celle-ci, toute blême et toute tremblante, vint lui ouvrir la porte.

— Mal, bien mal, mademoiselle, on dit qu'il n'y a plus d'espoir.

— Nous voulons le voir...

— Alors venez, il n'y a pas de temps à perdre.

Et sans demander la permission au malade, pressentant bien qu'il serait heureux de cette visite, elle la fit entrer ainsi que M. de Laurières.

Il était étendu sur son lit, soutenu par plusieurs oreillers, car il étouffait, le visage empourpré par la fièvre ; dans ses yeux l'expression distraite de ceux qui s'en vont, ce regard qui semble déjà contempler de loin. Cependant en la voyant, un sourire passa sur ses lèvres brûlantes.

— Vous! vous ici! fit-il.

— Je sais tout, dit Antoinette en se laissant tomber sur une chaise à côté de lui. La sœur Marthe m'a raconté. Ce n'est pas vous qui deviez soigner ce malade puisque tour à tour vous alternez à l'hôpital, votre confrère et vous, et que chacun se trouve chargé du service pour six mois, l'un après l'autre. Vous aviez précisément fini, mais en voyant sévir cette épidémie meurtrière, vous avez été trouver le docteur Lannier, vous lui avez dit qu'il avait une jeune femme, un petit garçon, tandis que vous étiez seul. Il ne voulait pas, vous avez insisté, l'assurant que vous désiriez traiter un de ses malades et que vous étiez certain de réussir en appliquant un traitement récemment découvert. Il a cédé...

— Et c'est en soignant à sa place ce pauvre enfant, continua M. de Laurières, en vous dévouant à lui, alors que tout espoir semblait perdu, que vous avez gagné

14

l'impitoyable maladie qui n'abandonne l'un
que pour s'emparer de l'autre.

— Il est sauvé! répondit-il simplement.
Puis se tournant vers elle.

— N'ai-je pas bien fait et ne m'aviez-vous
pas dit que c'était en m'efforçant de bien
faire que je trouverais certainement la lumière? Et, continua-t-il en s'interrompant
fréquemment, puisqu'il ne devait pas m'être
réservé d'avoir un jour des enfants à moi,
n'était-il pas juste que je me sois pris de
plus d'amour encore pour ceux des autres?
Privé de les instruire des vérités que je ne
possède que trop imparfaitement, incapable de les conduire d'un pas assuré dans
les chemins lumineux d'une ferme croyance,
ne devais-je pas, du moins à ma façon,
chercher à accomplir ma tâche plus humble, en m'efforçant de leur donner la santé
du corps, de leur conserver l'existence matérielle... Ma vie, à moi, était sans espoir
de bonheur; celle du petit Jacques sera

belle peut-être, L'échange valait la peine...
Si parfois il est malaisé de croire, il est
toujours si facile d'espérer...

— Mon pauvre ami, dit M. de Laurières,
vous êtes bien malade. Ne fût-ce que pour
le monde, vous devriez voir un prêtre...

— Pour le monde, jamais, dit-il, mais
bien pour moi ; oui, pour moi, car j'en ai
acquis le droit. Ma raison fatiguée ne cherche plus. J'ai trouvé avec mon cœur, j'ai
acquis la foi par le besoin que j'en ressens
à cette heure... Non, je ne puis consentir
à mourir tout entier, je ne puis me résoudre à dire adieu pour toujours à ceux que
j'aime... Le sentiment proteste contre la
raison, et c'est en lui, j'en suis convaincu,
que réside la vérité. Et puis, mes amis, aux
terme de la carrière, j'éprouve une immense
soif de pardon. Où le trouver si ce n'est
en Dieu ?

Il parlait bas, lentement, avec difficulté ;
sur son visage, un instant animé, s'éten-

daient déjà les grandes ombres de la mort...
Brisé par l'effort, il laissa retomber sa tête
sur le coussin qui la soutenait et ses yeux,
se fermèrent à demi.

Il s'arrêta suffoqué.

— De pardon ! Vous ?

— Oui, que de bien omis, que de défaut
de zèle dans l'accomplissement de mes
devoirs, que de manque de charité envers
mes semblables, que de murmures souvent
contre ma tâche trop dure... Il me semble
aujourd'hui revoir ma vie entière et comprendre pour la première fois tout ce que
j'aurais dû faire. Je le sens, la pauvre
créature humaine est trop imparfaite pour
que tout en elle soit fini ici-bas... Il lui
faut l'au-delà pour l'achever...

Antoinette l'écoutait en pleurant, mais
une joie immense s'élevait dans son cœur
à travers la douleur poignante qu'elle éprouvait de le perdre. Elle oubliait qu'ils auraient pu s'appartenir pour se dire avec

une abnégation sublime que, s'il n'était pas
à elle, il était à Dieu!... Pâle, elle s'appuyait sur son lit.

— Ainsi, dit-elle, mon ami, c'est vous
qui le premier reverrez notre mère...

Alors elle se pencha vers lui et, solennellement, religieusement, l'embrassa sur
le front, comme si elle eût voulu le charger d'emporter ce baiser à la chère morte.
Cette action le ramena à la conscience de
la réalité.

— Quelle folie, dit-il, et comment est-ce
que je vous permets de rester ici? Comment
vous ai-je laissé entrer... Ce mal terrible
est contagieux! Partez, je vous en conjure,
au besoin je l'ordonne... Songez que je ne
serai plus là pour vous soigner si vous
devenez malade à votre tour... Partez!
Adieu!...

Cédant à ses instances, craignant de
l'agiter, en ne lui obéissant pas, elle recu-
lait lentement, pas à pas, les yeux fixés

sur lui, ne pouvant en détacher sa vue,
ne pouvant s'arracher à cette chambre, à
la fois funèbre et lumineuse. Arrivée à la
porte, elle s'arrêta un moment encore pour
'envelopper d'un dernier regard... Il sourit.

— C'est moi qui vous attendrai, dit-il.
Au revoir!...

Alors elle fit le signe de la croix.

— Au revoir, oui, au revoir! répéta-t-elle
dans un sanglot.

Et ils s'éloignèrent, tandis que les yeux
du médecin se fermaient sur la terre pour
s'ouvrir à la lumière éternelle.

GERTRUDE

GERTRUDE

I

Elle était lasse de lire et avait posé son livre sur ses genoux, pour suivre en rêvant ses pensées presque aussi vagues et aussi indécises que les teintes grisâtres du crépuscule, qui laissaient le salon dans une demi-obscurité pleine de charme. La porte s'ouvrit et, sans être annoncé, le comte Jean de Blomer entra.

— Enfin vous voilà, dit-elle en lui tendant la main.

— Est-ce que vous pensiez que je ne viendrais pas? demanda-t-il,

— Je le craignais presque, car il m'a
semblé hier que vous m'aviez quittée mé-
content.

— Triste, plutôt.

— A-t-on le droit de l'être, lorsqu'on
est aimé comme vous l'êtes?

— On ne devrait pas; mais croire n'est
pas toujours facile.

— Alors vous doutez de ma tendresse
pour vous?

— En mes mauvais moments.

— Que faut-il donc faire?

— A quoi bon vous le dire, puisque vous
ne le voulez pas.

Il y eut un instant de silence. Elle s'était
assise au coin du feu; lui, debout devant
la cheminée, se chauffait.

— Jean, reprit-elle, nous ne serons donc
jamais heureux. Et pourtant, parfois il me
semble que nous pourrions l'être beaucoup,
que nous le sommes, lorsque nous ne gâ-
tons pas notre bonheur par de vains regrets.

— Je m'étonne que ces regrets, vous ne les partagiez pas.

— Je les partage, dit-elle en hésitant un peu, et une légère rougeur vint animer son visage ordinairement pâle. Oui, il serait doux d'être à vous tout entière, de vous appartenir en réalité comme je vous appartiens au fond du cœur. Mais je ne saurais penser cependant que parce que cela ne se peut pas nous soyons absolument à plaindre et que nous devions reprocher à la destinée d'être cruelle envers nous. — Nous nous aimons d'un amour profond, sincère, que ne rebute aucun des obstacles qui nous séparent, et combien de cœurs qui sont unis par des liens matériels, ne le sont-ils pas cependant d'une manière moins intime, moins véritable que celle-là? — Ne trouvez-vous pas que ce soit quelque chose que le sentiment?

Il s'était assis à côté d'elle, et, touché par la grâce aimable de ses paroles, avait porté à ses lèvres la main qu'il tenait entre les siennes.

Vous avez raison, dit-il, et vous valez mieux que moi. — Vous êtes bonne de ne pas vous impatienter de mes tristesses. Je m'en veux, je vous assure, d'être si faible et si mauvais ; je me trouve lâche parfois de ne pas savoir me résigner. Mais vous devez me pardonner puisque cela vous prouve mieux encore que je vous aime.

— Ah ! voilà ce que je ne sais pas. Peut-être, au contraire, ne m'aimez-vous pas assez. — Ne reconnaît-on pas l'amour plus encore à son dévouement qu'à ses exigences. — Et pourtant, que vous dirai-je, je serais fâchée que vous ne soyez pas comme vous êtes, puisque je vous aime ainsi. Seulement je suis bien malheureuse quand je vous vois souffrir.

— Gertrude, vous avouerez que c'est une étrange situation que la nôtre. S'aimer, se le dire, passer de longues heures ensemble, qui semblent toujours trop courtes, et pendant celles qu'il faut vivre chacun de son côté ne songer qu'au moment de se revoir; être absolument l'un à l'autre au fond du cœur; indifférents à tout le reste, se mouvoir tous deux dans une unique pensée, être liés par la sympathie la plus complète, la confiance la plus absolue, et puis, quand je veux vous serrer dans mes bras, ou approcher mes lèvres des vôtres, me voir repoussé et m'entendre dire que c'est là où commence la faute : voilà ce qui est dur et ce qui peut bien parfois me troubler. Car enfin, n'êtes-vous pas libre?

— Je suis seule, dit-elle avec douceur, mais je ne suis pas libre et cela est bien différent.

— Croyez-vous que le monde vous saura gré de votre vertu ou seulement qu'il y croira. Forts de notre innocence et fiers de n'avoir rien à nous reprocher, nous ne ménageons pas les apparences comme le feraient des coupables. — Elles sont toutes contre nous. — Ces longues visites, ces promenades ensemble, ces soirées au théâtre où vous ne craignez pas de paraître à mon bras, ces dîners en tête à tête si charmants : vous flattez-vous que tout cela ne soit pas su et mal interprété et que pour beaucoup vous ne passiez pour ma maîtresse ?

— Ceci m'est absolument égal, Jean, répondit-elle. Vous n'ignorez pas que si je ne le suis pas, ce n'est pas à cause du monde et dans la crainte de son opinion.

— Eh bien ! si c'est pour votre mari, puisque vous tenez à appeler ainsi celui qui ne l'a jamais été et qui ne demande pas mieux que de vous voir jouir de votre côté de la liberté dont il use si bien du sien, pouvez-vous supposer qu'il admette un seul instant cette sagesse incroyable et pensez-vous d'ailleurs lui devoir quelque chose ?

— Rien absolument.

— Eh bien! alors?

— Jean, vous le savez, je me sens sous une plus haute dépendance que toutes celles-là. Les sacrifices que je fais et que je vous impose, hélas! car ils ne sont pas volontaires chez vous, je les fais à ma conscience seule. Le lien qui m'unit à M. de Quériant, bien qu'il soit brisé, me met dans l'impossibilité d'en contracter un autre, et je ne pense pas avoir le droit de disposer de ma personne sans la divine sanction. Mais, croyez-moi, si vous souffrez, c'est moins parce que je ne suis pas tout à vous que parce que vous doutez de moi.

— Oui, c'est vrai, dit-il, et c'est un cruel tourment. — L'amour a besoin de voir et de toucher pour croire entièrement.

— Le mien reste incrédule. Tantôt je me dis que vous êtes coquette; tantôt que vous êtes froide et incapable d'un sentiment véritable, que je ne suis pour vous qu'une distraction, un jouet; je me demande si

vous ne me cachez pas quelque chose, si
vous n'en regrettez pas un autre et je rougis
d'être votre dupe. Près de vous, sous le
charme de votre présence, devant votre regard limpide et franc, toutes ces tristes
pensées se dissipent. Mais à peine vous ai-je
quittée qu'elles m'assaillent de nouveau.
Alors, parfois, il me prend envie de secouer
mon joug et d'aller me jeter dans les bras
de n'importe qui...

L'obscurité était presque complète dans
le salon, et Jean ne vit pas les larmes qui
mouillaient les yeux de son amie et qui coulaient lentement sur sa joue.

— Je le crains, dit-elle avec douceur ; j'ai
été égoïste le jour où j'ai accepté votre
amour, puisque je ne pouvais pas vous rendre heureux. J'aurais dû avoir le courage
de le repousser complètement, ne devant
pas l'accepter tout entier. Comment me
suis-je fait l'illusion de croire que l'affection incomplète dans sa forme, dont j'ai

seule le droit de disposer, pouvait vous sa-
tisfaire? — Et pourtant je l'ai espéré un
moment en voyant avec quels transports
vous avez reçu l'aveu de ma tendresse pour
vous. — O les heures bénies que celles-là,
quand tout entiers au ravissement d'avoir
découvert nos sentiments, l'un pour l'autre,
il nous semblait n'avoir plus rien à désirer
au-delà. — J'ai été heureuse alors, autant
qu'on peut l'être en ce monde.

— Gertrude, ma chère Gertrude, dit-il
ému, soyez heureuse toujours. Je vous en
prie, soyez heureuse car je vous aime.

Il avait passé son bras autour de sa taille
et l'attirait à lui. Mais elle le repoussa
doucement en s'éloignant un peu.

— Ah! dit-il avec impatience, j'oublie
toujours, et vous, vous n'oubliez jamais!...

Et se levant brusquement.

— Je sonne n'est-ce pas, dit-il, on n'y
voit plus et vous ferez bien de demander la
lampe.

II

Cette scène se renouvelait presque chaque jour. Impatients de se revoir, heureux au moment où ils se retrouvaient, le désaccord ne tardait pas à survenir entre eux, ramené par la même cause. Séparée de son mari qui l'avait abandonnée le jour même de son mariage, reconquis par une maîtresse avec laquelle il avait vainement espéré rompre à cette occasion, Gertrude, tout en comprenant que la réconciliation était impossible vis-à-vis de l'homme qui l'avait si indignement traitée, n'en pensait pas moins lui devoir la fidélité matérielle, à défaut de

la fidélité du cœur qui ne se commande pas.
Elle était fermement convaincue qu'elle
n'était pas libre de disposer de sa personne
et que, ne pouvant le faire d'une manière
honorable et régulière, elle devait rester
vouée à une solitude absolue et vivre
comme ces saintes femmes qui font vœu
de chasteté pour se consacrer entièrement
au service de Dieu, mais qui, plus heureuse
qu'elle, font ce vœu volontairement et obéis-
sent à une vocation qui les soutient. Elle
n'était pas de celles qui maudissent les
choses établies et demandent au ciel de
refaire la morale, et à la société de changer
ses lois. C'est en vain que le divorce eût
été inscrit dans le code au profit des révol-
tés de tout genre : elle n'en aurait pas pro-
fité. Elle pensait que rien n'arrive au hasard
ici-bas, où le bonheur n'est d'ailleurs pas
le but, et que si sa destinée se trouvait ainsi
condamnée à l'isolement, c'est qu'il était
bon qu'elle le fût. — Pourquoi n'y aurait-il

pas des êtres ici-bas, uniquement créés pour donner l'exemple de la résignation et de la vertu, et pourquoi le divin Maître n'aurait-il pas le droit de se réserver quelques-unes de ces âmes prédestinées qui semblent n'avoir d'autre but que de l'adorer?

— Une pauvre femme, nous dit l'Évangile, répandit un jour, en brisant le vase qui le contenait, un parfum de grand prix sur les pieds du Seigneur ; et nous, pensait-elle, ne briserons-nous pas aussi nos cœurs, s'il le demande, avec tous les trésors qu'il contient, pour servir à sa gloire ?

Soutenue par ces hautes pensées, Gertrude avait porté cinq ans le poids de sa vie solitaire et n'imaginait pas qu'elle pût changer, lorsqu'il lui arriva pendant un séjour à Arcachon où elle s'était rendue avec sa mère, d'y faire la connaissance du comte Jean de Blomer, dans des circonstances toutes particulières. Celui-ci s'était demandé souvent en la voyant passer, toujours

simple et grave, l'air doux et paisible,
quelle était cette femme qui semblait presque une jeune fille et qui soutenait à son
bras avec une si tendre sollicitude ou
accompagnait, en la suivant de si près
dans le fauteuil où on la roulait, une personne âgée et malade qu'elle paraissait en-
tourer de soins tout maternels. Toutes
deux se tenaient à l'écart et se suffisaient
absolument. — Assises chaque jour pendant de longues heures sur le sable fin des
dunes ou dans les sapinières embaumées,
un livre ou un ouvrage à la main, elles ne
rentraient chez elles qu'au coucher du soleil
et alors on les voyait quelques temps encore appuyées sur le balcon de bois dé-
coupé de leur villa cachée dans la verdure;
puis elles disparaissaient quand tombait la
nuit, pour recommencer la même vie le
lendemain. Le comte avait fait quelques
questions et avait appris que la jeune
femme était madame de Quériant dont la

triste histoire avait été l'objet d'un juste intérêt quelques années auparavant, et qu'elle était venue chercher en ce lieu plein de soleil et de vivifiants parfums un peu de santé pour sa mère, madame de Méré, atteinte de paralysie. Mais il ne fallait pas espérer faire sa connaissance, car elle se montrait décidée à ne voir personne.

Ce fut un dimanche, après avoir assisté en même temps qu'elles à la messe, qu'il se trouva, d'une manière inattendue, mis en rapport avec ces dames. Suivant leur habitude toutes deux avaient laissé se disperser la foule afin de sortir plus tranquillement. Quelques rares attardés restaient seuls dans l'église, en prières, tandis que Jean qui était demeuré sur la porte, semblait fort occupé à contempler avec sa longue vue une barque de pêcheur dont la voile se dessinait sur le ciel bleu. La matinée était radieuse : un soleil chaud montait à l'horizon, adouci par la brise délicieuse

qui venait de la mer; les grands genêts
brillaient comme de l'or au milieu des pins
d'un vert sombre et le sable humide de la
plage avait des reflets roses.

— Mon Dieu où est-il donc? dit madame
de Quériant, comme elle passait à côté de
lui, cherchant en vain du regard autour
d'elle le vieux marin préposé à l'office de
pousser le fauteuil de la malade.

— Asseyez-vous toujours, chère maman,
continua-t-elle en l'aidant, je vais voir si je
le trouverai, et elle fit quelques pas à droite
et à gauche, sans oser trop s'éloigner de
peur de la laisser seule.

— Je ne sais vraiment ce qu'il est devenu,
dit-elle, revenant au bout d'un moment, d'un
air inquiet; il me semble qu'il nous a oubliées.

— Voulez-vous me permettre de le remplacer, madame, dit M. de Blomer en
s'avançant, — et comme madame de Quériant hésitait, il se mit en fonction avec
tant de bonne volonté que force fut d'ac-

cepter un service dont elle était d'ailleurs pleine de reconnaissance.

Il fut inutile d'indiquer au comte le nom de la villa ou le chemin qui y conduisait. Il connaissait parfaitement l'un et l'autre, ainsi qu'il le montra, en se dirigeant de lui-même du côté que Gertrude se disposait à lui désigner. Elle marchait à ses côtés d'un pas ferme et rapide, abritée de sa grande ombrelle écrue, son livre d'heures à la main, le teint animé par la course et l'émotion, échangeant avec lui quelques paroles un peu décousues, que sa mère interrompait par de nombreux remerciements. Arrivés à la porte de leur petit jardin, Gertrude tendit la main au comte.

— Vous m'avez rendu un grand service, dit-elle.

— J'espère que nous nous reverrons, ajouta madame de Meré. Nous sommes chez nous tous les soirs et vous serez bien aimable de vous en souvenir.

Il ne se le fit pas dire deux fois et devint bientôt l'hôte assidu de la villa aux Bruyères. Un charme doux et étrange l'y attirait. Gertrude était jeune, elle était belle ; mais la jeunesse et la beauté étaient pour elle des dons si inutiles qu'elle semblait ignorer qu'elle les possédât. Elle ne faisait jamais aucune allusion à sa position et portait la vie sans se plaindre. Elle était sérieuse sans être triste : un rien l'amusait. Elle avait par moment de ces gaietés naïves, de ces joies d'enfant, comme on en voit à ceux qui se contentent de peu parce qu'ils ne demandent rien : facile sérénité qui se rencontre si souvent chez les sœurs de charité, ces saintes modestes entre toutes. Ses manières avec Jean étaient simples et familières, exemptes d'affectation comme de coquetterie. Elle voyait en lui un ami depuis le petit service qu'il lui avait rendu et était ravie de trouver un devoir à s'en souvenir. Le moment vint cependant où

madame de Meré, qui se sentait mieux, fixa
le jour de son départ. M. de Blomer partit
la veille pour le Berry où il allait chasser
jusqu'à la fin de l'année.

— Vous viendrez nous voir à Paris, quand
vous y serez de retour, dit Gertrude au
moment où ils se séparèrent. Il serra sa
main en le promettant.

Lorsqu'il la revit, elle était en profond
deuil. Madame de Meré venait de mourir et
la jeune femme se trouvait seule dans la
grande maison vide qu'elle n'avait jamais
quittée et dont les vastes salons semblaient
faire ressortir plus encore son triste isolement. C'est là qu'elle avait vécu et qu'elle
voulait continuer à vivre. Là, s'était écoulée son enfance tranquille auprès des siens ;
là, sa jeunesse s'était épanouie avec ses
rêves et ses espérances, comme toute autre ;
là, elle avait cru un jour au bonheur ;
puis ce bonheur avait disparu au moment
où elle se flattait de le goûter, et elle était

demeurée à l'ombre du toit protecteur, y
continuant en quelque sorte son existence
de jeune fille, avec l'avenir en moins. Elle
fondit en larmes en voyant Jean : il lui rappelait les derniers jours heureux qu'elle
avait passéés avec sa mère. Ce fût bientôt
une douceur pour elle que d'en parler avec
lui ; ce fut un ami tendre et dévoué qu'elle
prit l'habitude d'y voir. Les jours, les mois
se succédèrent, resserrant chaque jour les
liens de cette affection naissante, qui était
plus que de l'amitié, qui n'était pas encore
de l'amour. Le moment où on le pressent,
n'est-il pas parmi les plus doux, mais de
tous les moments aussi, le plus difficile à
fixer...

— Que vous êtes bon pour moi, lui disait-elle un jour.

— Je ne suis pas bon, répondit-il, je vous
aime.

Et leur sentiment se trouva lancé dans
une phase nouvelle.

III

Le bonheur ne devait briller qu'un instant dans la vie de Gertrude, et cet instant
avait déjà fui. La grande pureté de son
cœur, l'élévation de ses idées, ainsi que
l'inexpérience de beaucoup de choses, lui
avaient permis de croire que l'avenir tel
qu'elle l'entendait pourrait suffire à M. de
Blomer. Il ne devait pas en être ainsi et
elle ne tarda pas à s'en apercevoir. S'il s'en
était contenté un moment, c'est qu'il ne
doutait pas qu'une félicité complète ne vînt
achever ces premières joies du cœur. La
résistance de Gertrude l'étonna d'abord.

Complètement étranger aux idées qui inspi-
raient son courage, il ne sut pas les comprendre. Il est des luttes où la vanité se
mêle toujours un peu chez un homme. Ne
pas vaincre, froisse l'amour-propre autant
que les désirs. Il souffrit et s'offensa de
n'être pas pour elle la passion qui s'empare de l'âme tout entière. Il lui était impossible cependant de ne pas reconnaître
que ce cœur lui appartenait et que les sentiments qu'elle avait pour lui étaient aussi
ardents que profonds.

Qu'était-ce donc que cette infranchissa-
ble barrière qui s'opposait à ses désirs et
qu'elle appelait le devoir? C'était pour lui
chose tellement inconnue, qu'il avait peine
à penser que ce fut vraiment là ce qui pouvait gouverner une vie, mettre un frein aux
élans de la jeunesse, aux transports d'un
amour sincère. Quoi, une croyance, une
idée! Quelle était cette foi mystérieuse qui
enseignait de pareils sacrifices? Sans doute,

elle lui inspirait une certaine estimé, elle
était touchante, mais absurde au fond, et
ce sublime enfantillage ne laissait pas que
de l'irriter. Comme la plupart des hommes,
sans hostilité sérieuse contre la religion, il
s'en était détaché par indifférence d'abord,
sans rien nier encore, puis, peu à peu, il
avait trouvé plus commode de ne pas croire
et de secouer un joug qui ne laisse pas
que d'être gênant quelquefois. Celui qui
cesse de croire a, presque toujours, pour en
arriver là, un motif qui n'est pas désinté-
ressé. On quitte la foi plutôt qu'elle ne vous
quitte. Le doute n'est vrai, n'est bon, dirai-
je presque, que lorsqu'il s'allie à une conduite exemplaire, à un ardent amour du
bien. Celui-là est évidemment sincère, il
mérite autant de respect que de pitié ; mais
on peut être assuré qu'il se dissipera et que
ces ténèbres momentanées feront place tôt
ou tard à une éblouissante lumière. Malheu-
reusement, le doute, chez M. de Blomer,

n'était guère que le manque de sérieux et
que le besoin de ne pas se soumettre ; à
celui-là ne s'appliquait pas la parole divine :
« Vous trouverez, » car il ne cherchait pas.
Et voilà ce qui séparait si profondément
ces deux êtres qui pourtant s'adoraient, ce
qui les rendait par moments incompréhen-
sibles l'un à l'autre. L'un s'inclinait devant
une loi que l'autre n'admettait pas. C'est
une grande souffrance que de s'aimer lorsqu'on n'est pas d'accord sur les croyances
et les idées. Il semble alors que l'amour
s'impose comme un maître que l'on est
tenté de détester et contre lequel on se
révolte sans cesse, parce qu'il se montre im-
puissant à donner au cœur les pures joies
d'une sympathie complète.

Gertrude sentait qu'elle parlait une lan-
gue étrangère pour lui. Elle souffrait de
lui imposer des sacrifices sans consolation,
comme sans mérite, puisqu'ils n'étaient
pas voulus, et le voyant malheureux par

sa faute, elle en arrivait tristement à regretter la passion qu'il avait pour elle,
passion qu'elle avait été un moment si
ravie d'inspirer, qu'elle se reprochait maintenant d'avoir encouragée, puisqu'elle ne
devait servir qu'à le torturer. Au lieu de
trouver le plus doux intérêt de sa vie à
l'accroître chez lui, elle s'efforçait parfois
de l'éteindre, dans l'espoir qu'alors il
souffrirait moins. Elle n'osait elle-même se
livrer à toute sa tendresse, en réprimant
autant qu'elle le pouvait les aveux, en
atténuant les élans, dans la crainte de re-
doubler la sienne. Elle comprenait que
plus elle conviendrait de son affection, plus
il serait difficile d'en limiter les témoigna-
ges. Elle tremblait d'ailleurs de se laisser
entraîner elle-même, ou par compassion
pour lui ou par le propre élan de son cœur,
au delà de ce qu'elle se croyait permis.
Elle sentait bien que dans cette lutte douloureuse, l'un ou l'autre devait être vaincu :

ou elle dans ses résolutions, ou lui dans
ses désirs, et qu'en tout cas, la lutte n'est
point faite pour l'amour. Situation impossible du moment qu'ils n'étaient pas d'accord et ne se soutenaient pas l'un l'autre,
appuyés ensemble sur la même volonté du
devoir. Décidément, son existence n'était
destinée à goûter aucune joie, et l'amitié,
qui d'abord l'avait charmée, qui d'ailleurs
n'était pas possible entre eux, ne lui suffisait pas désormais. L'eût-elle voulu, il
était trop tard, car l'amour ne retourne
pas en arrière, non plus qu'un fleuve ne
remonte à sa source. Et pourtant s'il avait
pu se vaincre, s'il avait pu se contenter
du seul fait d'aimer, combien il eût été
doux de ne plus se sentir toute seule au
monde !

— Je pars, dit Jean, un jour, brisé de
ces combats tantôt contre elle, tantôt contre
lui. J'ai promis à mon père qui me ré-
clame depuis longtemps d'aller passer

quelques semaines auprès de lui à Cannes, mais je suis trop sincère pour ne pas vous avouer que mon but, Gertrude, est de vous fuir.

Elle lui tendit la main.

— Dieu me garde, mon pauvre ami, dit-elle, de vous en détourner ; quand partez-vous ?

— Je me suis annoncé, on m'attend et je compte me mettre en route demain... m'écrirez-vous ?

— Le faut-il ?

— Je vous en prie. Il me semble que je ne saurais me passer d'avoir de vos nouvelles.

— Alors c'est avec joie que je vous en donnerai, quoique vous puissiez deviner d'avance tout ce que j'aurai à vous dire, quoique vous sachiez tout ce qui remplira ma vie. Je n'aurai guère à vous parler que de vous... Vous êtes toujours mon meilleur ami, n'est-ce pas ?

— Plus et moins que cela, répondit-il.

Ils dînèrent ensemble, comme il leur arrivait souvent de le faire. — La soirée fut un peu triste. — Gertrude était pensive et parfois restait muette, perdue dans ses pensées, troublée par une cruelle hésitatation. Elle sentait qu'elle tenait en cet instant sa destinée entre ses mains, qu'il dépendait d'elle d'empêcher Jean de partir, que peut-être il l'espérait... Comme dans la grande tentation de Notre Seigneur sur la montagne, le bonheur avec ses vastes horizons se déroulait devant elle. Il pouvait lui appartenir encore, il fallait seulement consentir à l'accepter. Elle était aimée, toujours aimée avec passion, la vie était à elle. Il suffisait d'un mot de sa bouche, mais ce mot comment le prononcer?

L'engager à rester, n'était-ce pas se promettre à lui, n'était-ce pas sacrifier tout ce qu'elle considérait comme son devoir, perdre à jamais cette estime d'elle-même né-

cessaire à son repos, sa consolation suprême,
se séparer de toutes les nobles croyances
qui l'avaient jusqu'alors soutenue...

Vers minuit, il se leva pour partir.

— Adieu, Gertrude, dit-il en l'embrassant sur le front. Elle eut alors une envie
folle de jeter ses bras autour de son cou, de
lui demander de ne pas la quitter ou du
moins de lui promettre de revenir ; de le
supplier de ne pas l'oublier, de ne pas la
chasser de son cœur — que sais-je ? — de
lui avouer qu'elle ne se sentait pas la force
de vivre sans lui.

Il semblait attendre et la contemplait en
silence cherchant à lire ce qui se passait en
elle, se demandant s'il allait triompher
enfin.

— Adieu, répéta-t-elle enfin, en serrant
ses deux mains dans les siennes et s'efforçant de sourire.

Puis lorsqu'il fut sorti, elle fondit en
larmes.

IV

Il faut une grande vaillance en de certaines afflictions de l'âme pour parvenir à s'occuper d'une manière quelconque, pour continuer à s'intéresser à quoi que ce soit.

— Il semble que les choses ne contiennent plus rien, que le vide se répand dans tout ce qui vous entoure et que l'existence entière n'est plus qu'une amère raillerie. — Où sont les joies? Où sont les peines? — Tout est devenu indifférent, tout s'efface, et l'on ne distingue plus rien. — Que se passe-t-il, on l'ignore. — Qu'importe les heures qui se succèdent et les beaux

jours qu'elles amènent parfois? — Avec qui
se réjouir, avec qui s'affliger désormais? —
Elle se prenait à le chercher involontairement à ses côtés pour lui confier la douleur de ne plus l'y voir. — Je vous pleure,
s'écriait-elle, et vous n'êtes pas là pour me
consoler.—Les journées lui semblaient d'une
longueur effrayante. — Le temps a-t-il une
véritable durée, ou plutôt ne varie-t-il pas
pour chacun suivant ce qui le remplit. —
Fidèle à sa promesse, elle prit la plume et
voulut écrire; mais hélas! que dire? —
Plusieurs fois elle déchira une lettre trop
sincère. — Lui avouer combien elle souffrait, n'était-ce pas le rappeler, et le rappeler n'était-ce pas coupable, puisqu'il souffrait près d'elle et qu'elle n'avait pas de
bonheur à lui donner. — Après bien des
hésitations ce fut quelques lignes insigni-
fiantes quelle lui envoya. — Il y chercha
vainement ce qu'il espérait, un de ces cris
de la passion à qui tout cède, et pourtant, au

ton triste et doux dont elles étaient empreintes, il était facile de voir combien elle
était malheureuse, combien elle l'aimait.

Un mois s'écoula de la sorte; à la
tristesse du présent, s'ajoutait pour Gertrude l'inquiétude de l'avenir. — Revien-
drait-il? — Résolu à l'oublier, aurait-il
essayé de se créer une nouvelle affection,
ou du moins un nouveau lien? — Parfois
elle se demandait comment elle ferait pour
se passer de lui à jamais. — Grâce à lui,
tout doucement désaccoutumée de la solitude, elle avait perdu l'habitude de souffrir,
car les larmes qu'ils versaient ensemble
avaient leur douceur. — Elle s'était mise
à vivre et y avait pris goût. — Il lui avait
appris la jeunesse, l'espérance, la joie d'être
à deux. — Se pouvait-il que tout cela fût
fini, qu'il y fallût renoncer absolument,
qu'il fût perdu sans retour? Mais n'était-ce
pas de sa faute? N'était-ce pas elle qui
avait refusé le bonheur, qui avait prétendu

être assez forte pour s'en passer? Le bonheur, il lui avait été offert. Elle s'en était
détournée : de quoi se plaignait-elle? Alors
elle se prenait à détester ce maître cruel
dont elle avait écouté la voix et qui lui
avait dit : — Donne-moi ton cœur.

N'y a-t-il pas dans la vie de ces moments
douloureux où il semble que l'on en
veuille à Dieu des douloureux sacrifices
qu'il nous demande?

Un matin la porte s'ouvrit. C'était lui!
— Elle essuya vivement les larmes qui
baignaient son visage et se jeta dans bras.

— Ah! Jean, s'écria-t-elle serrée sur sa
poitrine, je ne vous ai pas assez aimé; je
vous ai trop peu dit tout ce que vous étiez
pour moi. Je ne veux plus vous cacher ni
mes souffrances, ni ma tendresse; je ne
veux plus, orgueilleuse, dissimuler avec
vous; je n'en ai pas la force. Il me faut
votre présence.

Il était si doux de se retrouver que tous

deux dans un moment se crurent parfaitement heureux. Jean avait-il espéré que
cette épreuve aurait brisé la résistance de
son amie et pensait-il goûter bientôt un
bonheur plus complet, ou bien sentait-il
lui-même que celui-là, tout imparfait qu'il
fût, valait encore mieux que tous ceux
qu'il pourrait chercher ailleurs? Jamais il ne
se montra plus charmant, plus gai, plus
tendre, évitant avec soin le fatal sujet de
discorde. Quelques jours s'écoulèrent ainsi
sans nuage; puis les douloureuses luttes
recommencèrent, involontaires, honteuses
d'elles-mêmes mais inévitables, puisque
Jean ne savait pas s'élever à ces hauteurs
où le dévouement et le sacrifice deviennent
faciles, inspirés par une conviction profonde, trouvant leur consolation en eux-
mêmes. — C'était une nature aimable et
bonne, mais un peu dépourvue d'élévation.
— Son amour était sincère; il eût été
fidèle, mais il ne savait pas souffrir. Il avait

16.

besoin de bonheur, comme ces constitutions délicates et raffinées qui ne peuvent vivre que sous les beaux ciels et dans les doux climats. — Gertrude, tout en ne l'admirant pas autant qu'elle l'eût voulu et en souffrant beaucoup par lui, ne l'en adorait pas moins.

Les cœurs passionnés aiment parfois ce qui semble le moins fait pour l'être ; ils aiment plus avec ce qu'ils apportent qu'avec ce qu'ils trouvent. Ce qu'elle éprouvait pour lui était par dessus tout, de la tendresse, de la tendresse, c'est-à-dire, bien plus que de l'amitié, moins peut-être que de l'amour, sentiment exquis, supérieur à tout autre, si pur qu'il ne s'y mêle en quelque sorte rien d'humain, qu'il existe libre de tout désir, de toute satisfaction, de toute forme matérielle.

Un jour Gertrude reçut une lettre d'une écriture qui lui rappelait de lointains souvenirs, bien qu'elle ne parvint pas à la re-

connaître. Le lieu d'où elle venait, le sceau
dont elle était cachetée, la troublèrent d'une
manière étrange. Elle l'ouvrit tremblante.
Elle était bien de son mari, de M. de Quériant.

« Madame, lui disaient ces lignes tracées
par une main vacillante, c'est un mourant
qui vient vous demander votre pardon,
implorer vos prières. Gravement malade,
près de ma fin, j'en suis certain, j'ai désiré vous faire savoir que je regrette tous
mes torts à votre égard.

» Une parole de clémence envoyée de
loin par vous, adoucirait mes derniers
moments. J'ose l'attendre et je vous en
remercie d'avance, vous rendant grâce,
madame, d'avoir si dignement porté un
nom que je ne vous ai pourtant pas appris à aimer.

« QUÉRIANT. »

Gertrude fit largement ce qu'on récla-

mait d'elle et envoya la plus miséricordieuse
absolution à celui dont la mort allait lui
rendre la liberté. La liberté, n'était-ce pas
le bonheur de Jean, le sien. Le bonheur
devenait donc possible pour elle. Et comme
ces voyageurs prêts à aborder enfin les
pays inconnus, les lointains rivages, longuement attendus, qui se demandent avec
une anxieuse curiosité s'ils répondront à
leur attente et s'ils offriront à leurs regards
tout ce qu'ils ont rêvé, elle songeait, perdue
dans une espérance infinie, pensive, étonnée, frémissante, à ce que serait la vie à
deux, à ce que serait le bonheur dans les
bras de son ami... Fallait-il le lui faire pressentir ou bien attendre que Dieu eût fait
son œuvre, ne pas mêler des espérances et
des joies presque coupables encore, à ces
moments solennels? Elle pensait ainsi dans
sa délicatesse parfaite, et bien qu'il lui en
coûtât de taire quelque chose à celui qu'elle
aimait, elle résolut de garder le silence.

Jean ne vint que tard dans la soirée. Elle
l'accueillit avec moins de réserve qu'à l'ordinaire et serra sa main plus longuement
qu'elle n'avait osé le faire jusqu'alors. Ne
se sentait-elle pas à lui désormais. Ne lui
semblait-il pas déjà voir la bénédiction divine descendre sur leurs têtes rapprochées.
Son visage brillait d'une mystérieuse joie
qui l'embellissait singulièrement. Elle pouvait enfin reposer ses regards dans les siens,
et sans baisser sa paupière permettre à ses
yeux d'exprimer tout ce que ressentait son
cœur. Elle le contemplait en extase se disant:
Je serai à lui, il sera heureux. Attentive
autrefois à tout ce qui pouvait jeter le
trouble dans son cœur, elle semblait chercher aujourd'hui sa tendresse, ses désirs,
en encourager l'expression au lieu de la
refouler, assise à ses côtés sur le petit canapé affectionné, dans l'ombre, elle se serrait contre lui, s'appuyait tranquille sur
sa poitrine, savourait tout bas l'attente du

bonheur maintenant assuré, et jouissait de la douce surprise qu'il en aurait bientôt. Mais Jean semblait distrait, préoccupé.

— J'ai à vous parler sérieusement, dit-il enfin, d'un ton ému.

— Aurait-il appris quelque chose, se demanda-t-elle, tandis qu'une vague rougeur montait à son visage.

— Gertrude, dit-il enfin, j'ai pris une grande résolution. Elle me coûte, mais elle est sage, je le crois, et je sais d'avance que vous l'approuverez.

» Il faut sortir d'une situation sans issue, cruelle pour moi, dangereuse pour vous. — Je vous obéis. — Je me marie. Celle que j'ai choisie est aimable et distinguée ; je ne saurais vous dire si elle est belle. J'ai voulu qu'elle fût pauvre, afin de lui apporter de ce côté-là quelque compensation à ce qu'elle ne saurait trouver dans mon cœur. J'ai pour elle de l'estime, rien de plus. Le bon vouloir amènera peut-être

une sorte d'affection. Je suis d'autant plus
certain de lui être fidèle que je n'en aimerai
jamais une autre que vous et que vous ne
voulez pas vous laisser aimer. Tout est
arrangé, convenu ; je me suis réservé seulement de m'assurer de l'assentiment des
miens. C'est le vôtre que je veux demander
d'abord. Pouvez-vous me l'accorder sans
regret, sans arrière-pensée ?

Il se tut.

· Elle ne répondait pas.

Tous deux gardèrent le silence un moment. Parlerait-elle ? lui ferait-elle savoir
qu'elle était à la veille d'être libre, d'avoir
le droit de lui appartenir ? Mais, hélas !
pourquoi ? Il pouvait se passer d'elle, il venait de le lui montrer, il avait eu le courage
d'en prendre la résolution. Il lui avait donné
la mesure de son amour ; l'illusion était
brisée. Dans ses bras elle se fût toujours dit
qu'il avait accepté la pensée d'y recevoir
une autre, qu'il avait, lorsqu'il avait fallu

choisir entre les deux, préféré la jouissance au bonheur, la réalité présente au rêve suprème, le possible borné à l'idéal infini. Elle comprit qu'il n'avait pas su avoir pour elle l'amour tendre qui s'oublie et qui se dévoue ; l'amour qui agrandit l'âme et qui élève ; celui qui souffre avec joie et qui consent à tout, hormis de renoncer à lui-même. Le retenir, elle en était la maîtresse ; mais elle ne le voulait plus. Ce mot qu'il lui suffisait de prononcer, ses lèvres s'y refusaient: Elle n'aurait pu oublier ; elle n'aurait pu pardonner. Le charme était rompu sans retour. Ah ! c'était ainsi qu'il aimait, c'était à cela qu'elle avait sacrifié ses plus chères croyances ! Combien elle en eût été punie.

Alors d'une voix brisée par un sanglot.

— Pauvre Jean, dit-elle avec un indéfinissable accent de pitié, où il eût été difficile de préciser quelle était la plus grande part, de la compassion ou du mépris. — Pauvre Jean, je vous plains.

Ce fut tout le châtiment.

— Nous continuerons à nous voir, je l'espère, Gertrude, dit-il, en amis, comme vous le vouliez.

Comme elle le voulait, non ce n'était pas ainsi bien certainement qu'elle l'avait voulu, et ce n'est pas de l'amitié seulement qu'elle avait désiré de lui, non, c'était bien de l'amour : ce sentiment autrement intime et personnel que l'on ne partage avec aucun ; de l'amour tendre, ardent, passionné, résigné puisque le devoir l'ordonnait, de l'amour comme il n'avait pas su le comprendre.

— Cela sera difficile peüt-être, répondit-elle.

— Pourquoi?

— Parce que je vous aime toujours.

— Ah! Gertrude, s'écria-t-il, si vous aviez voulu, si vous vouliez, il serait temps encore. Croyez-vous donc que je ne vous aime pas moi aussi de toute mon âme.

— Je ne sais ce qu'est le sentiment que

17

vous avez pour moi, reprit-elle gravement.
Mais en tous cas, vous préférez le mettre
ainsi que vous même au niveau de la vie,
vous contenter de ce qu'elle donne, que de
vous résigner à souffrir de ce qu'elle refuse.
— Le bonheur, l'amour, ces éternels besoins
de nos cœurs, les uns les voulant à tout
prix font leur cœur à la taille de celui qu'ils
rencontrent; — les autres gardent le rêve
tout entier sans s'inquiéter de le mettre
d'accord avec la destinée imparfaite; ils pré-
fèrent le pleurer que l'amoindrir. — Qui de
nous a choisi la bonne part? Je désire, Jean,
que ce soit vous. Soyez heureux; je vous
assure que c'est mon vœu sincère, et quelque
chose me dit que vous le serez, car vous
n'étiez pas fait pour la souffrance.

— Gertrude, vous me troublez, il me
semble que vous n'êtes plus vous même.
Seriez-vous irritée contre moi?..

— Non pas irritée, mais triste; et si je
ne suis pas moi-même, c'est que je ne trouve

plus en vous celui que jusqu'ici j'avais cru
posséder.

— Reviendrai-je demain?

— Je crois qu'il vaudrait mieux vous
en abstenir jusqu'à ce que... Sa voix se
refusait à le dire — jusqu'à ce que vous soyez
marié. Nous ne sommes pas bien sûrs de
nous-mêmes l'un et l'autre. — Puis, dans le
monde, on a beaucoup cru et beaucoup dit
qu'il y avait quelque chose entre nous, et
quand bien même nous n'avons rien absolument à nous reprocher, il serait peut-être
plus sage de ne pas nous voir en ce moment.

— Vous êtes toujours prudente et bonne,
dit Jean. Mais après...

— Après, nous verrons.

Il se leva ; elle lui tendit la main et le
contempla un moment comme on contemple
les choses qui déjà s'effacent et fuient à nos
regards, comme on contemple l'horizon qui
disparaît, l'espoir qui s'éteint, le rêve qui
s'envole. Mais elle ne retrouvait plus en lui

le visage familier, l'expression comme les souvenirs anciens : de tout cela, il ne restait plus rien pour elle. M. de Blomer n'était pas celui qu'elle avait aimé.

— Adieu, dit-il, en portant à ses lèvres cette main qu'il tenait toujours.

— Adieu, répéta-t-elle, et il disparut.

Alors elle fondit en larmes ; mais ce n'était pas Jean qu'elle pleurait, c'étaient ses illusions perdues. Quelques jours avant la célébration du mariage, elle apprit la nouvelle de la mort de M. de Quériant. Elle était libre ; à quoi cela lui servait-il désormais. — Elle n'en profita pas, et fit sans y songer à son mari l'honneur d'un deuil éternel.— Le vrai deuil qu'elle porta toute sa vie, ce fut celui de son cœur à jamais brisé. Elle eut le courage cependant de supporter l'existence, de se créer des devoirs, des occupations et même des joies. — Sous son front paisible et serein, nul ne put deviner ses souffrances,

— Quelques lignes de sa main sur un papier

bordé de noir étaient venues exprimer à Jean, la veille de son mariage, le regret qu'elle avait de ne pouvoir y assister, en lui en apprenant le motif.

Confondu en recevant cette nouvelle inattendue, il sentit que le ciel le punissait et, sans prendre le temps de réfléchir, il courut chez elle; il commençait à deviner la vérité.

— Gertrude, s'écria-t-il en entrant, cette mort si brusque est improbable; vous aviez dù la pressentir. — M. de Quériant était malade depuis quelques semaines. — Vous le saviez, j'en suis sûr. Pourquoi, lorsqu'il en était temps encore, ne m'avoir pas averti?

— A quoi bon Jean, dit-elle avec un triste sourire, — puisque vous n'avez su ni croire, ni attendre.

LE MARIAGE DE MADELEINE

LE
MARIAGE DE MADELEINE

I

Ce n'était pas sans le gré de ses parents, mais un peu contre leur avis que Madeleine s'était mariée avec M. de Cérolles. Ils n'avaient pu s'empêcher de craindre que sa confiance ne fût téméraire, en livrant le soin de son bon bonheur à un homme aussi peu sérieux que l'était Gaston. Ils ne pouvaient oublier sa jeunesse orageuse, ses prodigalités, ses folies de tout genre, et ne trouvaient pas en lui les garanties que l'on recherche ordinairement

17.

dans celui auquel on remet son unique
enfant. Mais Madeleine avait déclaré qu'elle
aimait mieux, le fût-elle, être malheureuse
à sa façon, qu'heureuse comme elle ne
l'entendait pas ; et peut-être avait-elle raison. — On accepte plus aisément les peines que l'on a bien voulues que les joies
dont on ne se soucie pas. — D'ailleurs, elle
comptait bien donner tort aux fâcheux
pressentiments des siens et prouver une
fois de plus que l'amour fait des miracles.
Car c'était bien de l'amour qu'elle éprouvait pour ce mauvais sujet qui était en
même temps le meilleur garçon du monde,
avouait si franchement ses torts, tout en
s'en repentant si mal, prenait de si sincè-
res résolutions avec si peu d'efforts pour
les tenir, et savait racheter sa légèreté par
un cœur excellent, ses folles dépenses par
une générosité sans bornes, son égoïsme
par sa belle humeur. Nature ouverte et
joyeuse, caractère facile et bienveillant,

esprit sans profondeur, mais aimable
et brillant, jeune, aimant la vie et
doué d'un extérieur des plus séduisants, il
avait charmé et ébloui facilement mademoiselle de Sérans. Son passé même qu'il laissait volontiers entrevoir dans ses récits,
dont il aimait à parler avec un vague regret et un certain attendrissement, n'effrayait pas Madeleine. — Beaucoup de femmes se plaisent à conquérir ces séducteurs
qui leur inspirent un intérêt mêlé de curiosité, et se font ainsi une sorte de triomphe
de tout ce qu'elles remplacent. — D'ailleurs,
Gaston était bien sincère en lui disant qu'il
l'adorait, et jamais passion plus prompte-
ment ressentie ne fut plus vivement expri-
mée que la sienne.

Ce fut à la campagne, chez sa tante,
madame de Marsaux, où il avait été passer
quelques jours, qu'il fit la connaissance de
Madeleine, par pur hasard. — Il était dans
les dispositions d'esprit les plus favorables.

La bonne dame venait de payer ses dettes pour la quatrième fois, se contentant de lui dire en manière de péroraison que c'était bien la dernière, mais qu'elle se réservait de lui reconnaître la moitié de sa fortune le jour de son mariage en souhaitant qu'il vint bientôt lui rappeler sa promesse. Gaston fut touché de tant d'indulgence; il sentait bien qu'il était temps de faire une fin, qu'il fallait, bon gré mal gré, songer au mariage, auquel les plus récalcitrants doivent se résigner tôt ou tard, et il promit d'y penser sérieusement. Comme il achevait d'exprimer cette sage résolution, la porte s'ouvrit, et l'on annonça M. de Sérans. — Il était accompagné de sa fille, une charmante personne à la taille élégante, au visage doux et gracieux. Elle était vêtue d'un costume de laine gris et coiffée d'un chapeau de feutre dont le long voile bleu s'enroulait autour de son cou. Des cheveux blonds, aux reflets dorés étaient relevés en

torsade sur sa nuque; l'air vif d'une belle
journée de novembre, autant que le plaisir
d'une course rapide en voiture découverte,
avait animé son teint des plus vives couleurs et faisaient briller ses grands yeux
d'un joyeux éclat. Elle alla tout droit à
madame de Marsaux et l'embrassa sur les
deux joues; puis se retournant vers le jeune
homme tandis que sa vieille amie le nommait, lui fit une profonde révérence. M. de
Cérolles la regarda surpris, charmé et trouvait qu'elle n'avait pas l'air des poupées
parisiennes qu'il était habitué à contempler
dans les salons. Elle s'était assise sur un
vieil escabeau de bois sculpté à côté de la
bergère dans laquelle était enfoncée la
bonne dame, et ce siège élevé et incom-
mode qui l'obligeait à se tenir très droite,
la faisait paraître plus grande encore et plus
svelte. Elle se mit à causer avec elle d'un
ton familier et enjoué qui montrait qu'elle
était un peu son enfant gâtée. On sentait à

ses manières une habituée de la maison,
fort intime avec la châtelaine et au courant
de toutes sortes de choses dont Gaston s'a-
perçut qu'il ne se doutait même pas. Elle
s'informa avec un véritable intérêt de je ne
sais combien de bêtes et de gens qui lui
étaient parfaitement inconnus et finit par
se lever en demandant la permission d'aller
jusqu'à la faisanderie pour y voir les petites couvées nouvellement écloses.

— Gaston va vous accompagner, dit madame de Marsaux, ravie de l'occasion.

Celui-ci ne se le fit pas dire deux fois et
sortit avec elle, tout en la priant de lui indiquer le chemin qu'il ne connaissait
guère.

— Vous ne venez pas souvent ici, dit-
elle, se peut-il bien que vous n'aimiez pas
la campagne?

— En effet pas trop, mademoiselle, répondit-il, où plutôt je ne l'aimais pas jusqu'ici, mais en vérité je crois que je suis en

train d'y prendre goût, car aujourd'hui elle
me semble délicieuse.

— Bonjour Fanfare, et toi, Diane, viens
ici, continua-t-elle en se penchant pour caresser les chiens de chasse qui se pressaient
sur son passage et semblaient lui souhaiter
la bienvenüe. Vous allez bien, Berteau, fit-
elle en s'adressant au garde qui la saluait
avec respect, rangé sur le bord de l'a-
venue.

Et comme une jeune reine, elle allait par
les grandes allées, tenant en guise de scep-
tre une verte branche de lauriers, toute fleu-
rie, le front haut et joyeux, souriant à
toutes choses. Ne semblait-il pas qu'elle fût
la vraie maîtresse du lieu.

— Monsieur, reprit-elle en s'adressant à
Gaston qui paraissait charmé de son entrain et de sa bonne grâce, faisons un petit
détour, s'il vous plaît, et allons voir en passant comment vont les camélias, si les vio-
lettes de Parme sont fleuries dans la serre.

Elles doivent l'être, car il y a huit jours j'en ai constaté les boutons tout prêts à s'ouvrir.

Elles l'étaient, et M. de Cérolles crut de son devoir d'en cueillir quelques-unes et de les lui offrir d'une main qui était devenue tout à coup timide. Comme beaucoup de gens qui n'ont pas toujours vécu auprès des femmes du meilleur monde, il ne savait pas très exactement ce que l'on peut se permettre vis-à-vis des personnes bien élevées, et la crainte d'outrepasser ses droits lui donnait une gaucherie qui lui allait à ravir. Elle les prit simplement et les mit dans son corsage.

— Maintenant il faut que je vous avoue, dit-elle en regagnant le château, que j'ai l'habitude de goûter quand je viens ici. Vous ne me refuserez pas de m'accompagner dans la salle à manger et de partager avec moi les friandises qui m'attendent.

On parvenait à cette pièce lorsqu'on voulait y aller du jardin sans rentrer dans

la maison, par un escalier extérieur un peu
étroit et raide, dont les pierres se cachaient
à demi sous la mousse, tandis que la balus-
trade de fer finement travaillée disparaissait
presque entièrement sous le lierre. Ayant
passé devant lui, mademoiselle de Sérans
se mit à monter les degrés d'un pas rapide
et ferme pendant qu'il la suivait, admirant
la grâce de sa démarche et les charmants contours de sa taille élancée.

— Vous voyez que je ne me suis pas
trompée, dit-elle d'un air de triomphe en
lui montrant le buffet chargé de gâteaux et
de fruits. Permettez-moi de vous faire les
honneurs ici.

Et elle lui présentait en riant une assiette
puis se servait à son tour.

— Comme vous avez l'air gai, mademoiselle. Vous ne vous ennuyez donc jamais?

— Jamais, répondit-elle, et j'en serais
bien fâchée. J'ai pour principe qu'il n'y a
que les sots qui s'ennuient.

— Ah ! mon Dieu, que dites-vous ! Je suis alors dans la catégorie, car cela m'arrive souvent, répliqua-t-il en soupirant.

— En êtes-vous bien sûr ? dit-elle. Pourquoi vous ennuieriez-vous, tandis qu'il est si facile de se réjouir. Il suffit pour cela de s'intéresser à tout ce qui en vaut la peine et d'aimer tout ce qui le mérite.

— Eh bien ! cela ne mène pas loin, car ce qui en vaut la peine est rare, et ce qui mérite d'être aimé l'est encore plus.

— Pas autant que vous le pensez. Je crois au contraire qu'il y a quelque chose dans presque tout et qu'il s'agit seulement de le découvrir. Au fond la vie est bonne.

— Peut-être, quand on la commence et qu'on ne l'a pas encore gâtée.

— On peut toujours la recommencer et la faire meilleure.

— Ah ! voilà le difficile.

— Mais non, cela doit, au contraire, être très satisfaisant de se reconquérir. — Sa-

chant bien ce que l'on blâme, on sait
mieux aussi ce que l'on approuve. — On
aime plus ce qui en est digne après avoir
aimé ce qu'il ne fallait pas... et qui sait si
quelque chose de plus personnel et de plus
profond ne se mêle pas à toutes les impressions ?

Il y eut un moment de silence.

— Vous devriez venir davantage, reprit-
elle. Votre tante en serait très heureuse.
Elle est si bonne et si reconnaissante des
moindres attentions que l'on a pour elle.
C'est mon amie. Je viens la voir souvent ;
quelquefois même je m'installe auprès d'elle
pendant plusieurs jours et nous causons,
et nous rions ! Vous ne sauriez vous imagi-
ner quelle fête. Il n'y a rien de charmant
comme les vieilles femmes, lorsqu'elles
sont aimables.

— Vous me permettrez cependant de leur
préférer encore les jeunes, répliqua Gaston
en la regardant d'une manière significative.

— Un verre de Frontignan, dit-elle en le lui
versant, et nous avons fini, n'est-ce pas? Il
me semble qu'il serait assez à propos d'aller
retrouver nos parents que nous négligeons
tout à fait et qui doivent se demander ce
que nous devenons.

— Je crois qu'il est temps de nous re-
mettre en route, dit M. de Sérans, lorsqu'ils rentrèrent au salon. Les jours sont
courts déjà, et il nous faut bien une heure
pour rentrer chez nous avant la nuit.

Le soleil, en effet, venait de disparaître
derrière les grands bois, laissant au ciel ses
derniers reflets empourprés et jetant au travers du feuillage d'automne ses lueurs scin-
tillantes, tandis que l'autre côté de l'horizon s'enveloppait déjà des teintes grisâtres
du soir.

Madeleine embrassa de nouveau madame
de Marsaux, tendit la main à M. de Cérolles
au moment où elle montait en voiture et,
saluant une dernière fois, ne tarda pas à

disparaître au détour de l'avenue. Gaston resta un moment immobile à la place qu'elle venait de quitter, puis lentement, tout songeur, il rentra, en s'avouant qu'il ne lui eût pas déplu de faire plus ample connaissance avec cette aimable personne.

— Ma tante, dit-il le soir, préparez votre million, et veuillez demander pour moi la main de mademoiselle de Sérans.

La bonne dame l'embrassa en pleurant de joie.

Madeleine consultée le lendemain, prit quinze grands jours pour réfléchir. Mais Gaston était impatient ; il mena si vivement les choses que, bien avant l'expiration de ce délai, il avait obtenu le consentement qui lui semblait désormais nécessaire à son bonheur.

— A quoi bon faire tant d'enquêtes sur moi, mademoiselle, lui dit-il, comme il se promenait seul avec elle dans le parc. On vous dira beaucoup de mal de moi ; quoi que l'on vous dise, ce sera vrai. Que vous sert de vous informer de ceci ou de cela? Je ne nie rien, j'avoue tout : ainsi vous n'aurez pas de découverte à faire plus tard. Oui, laissez-moi vous le répéter, j'ai mené la vie d'un écervelé, j'ai gaspillé beaucoup d'argent, j'ai fait de nombreuses sottises et enfin je n'ai guère jusqu'ici songé qu'à m'amuser, ce qui ne m'a pas empêché de m'ennuyer souvent. Aujourd'hui, je suis las et repentant de ces folies, et je n'aspire qu'à faire un bon mari. Voulez-vous me croire, voulez-vous vous fier à moi?

— Je vous crois, répondit-elle en souriant ; puis d'un accent résolu, mettant sa main dans la sienne et rougissant un peu :

— Elle est à vous, ajouta-t-elle.

Il la porta à ses lèvres tout ému.

Six semaines après, le mariage fut célébré à Paris dans la chapelle de l'archevêché.

— Comme vous êtes brave, ma chère,

dirent à tour de rôle à la jeune mariée ses
meilleures amies, lorsqu'elles furent admises
à venir l'embrasser dans sa chambre, tandis
qu'elle achevait sa toilette attachant au corsage de sa robe de satin blanc le bouquet
de fleur d'oranger.

— Il faut bien du courage ou une bien
grande confiance en soi-même pour se décider à épouser un si mauvais sujet. Dieu
veuille que vous ne vous en repentiez pas et
qu'il vous soit fidèle.

L'une était une vieille fille, l'autre venait
de se marier avec un homme de cinquante
ans, la troisième eût fait volontiers comme
Madeleine. Elle les regarda un peu railleuse,
debout devant la grande psyché qui réflé-
tait en entier son élégante personne.

— Je l'aime, dit-elle en souriant, et avec
cela on n'a rien à craindre. Rassurez-vous,
mes chères bonnes, je serai heureuse quand
même.

— Et maintenant, Gaston, vous n'y pen-
serez plus jamais, n'est-ce pas, dit madame
de Cérolles le lendemain matin, tandis
qu'elle prenait place vis-à-vis de lui à table
dans la jolie salle à manger, doucement
assombrie par les boiseries de chêne où,
sur la nappe blanche, on avait mis deux
couverts.

— A quoi donc? demanda Gaston.

— Mais à ces vilaines femmes que vous
m'avez avouées, dont je me sens jalouse aujourd'hui.

— Quelle folie; répliqua-t-il. Elles sont

toutes oubliées à l'heure qu'il est. — Il ne faut plus qu'il en soit jamais question entre nous. — Ah ! le passé est bien fini et c'est une vie nouvelle et bonne que celle que je commence, puisque je veux l'employer tout entière à t'aimer et à te rendre heureuse, ma chère Madeleine.

Il n'eut pas de peine à tenir parole. Cette charmante femme valait bien toutes ses maîtresses, et si son affection pour elle portait toujours un peu l'empreinte qu'avaient laissée dans son cœur ses anciennes amours s'il ne put la dégager entièrement de ce je ne sais quoi de profane et d'impie qui matérialise à leur insu l'expression des plus pures tendresses pour ceux qui ont trop longtemps goûté les jouissances toutes terrestres, elle n'en fut pas moins profondément sincère.

Une année s'écoula, joyeuse et rapide, sans soucis, sans nuages, sans crainte de l'avenir. Madeleine s'était établie tout dou-

cement dans son bonheur. Elle le sentait
bien à elle et la plus parfaite sécurité en
augmentait le charme. — La durée n'est-
elle pas le suprême besoin de l'amour ;
n'est-ce pas lui qui a inventé le mot *toujours*.

Cependant, par degrés, Gaston avait repris l'habitude du cercle ; il ne pouvait
délaisser entièrement ses amis qui commençaient à se venger de leur abandon par de
piquantes railleries sur l'esclavage où il
était tenu. Insensiblement, il laissa madame de Cérolles se charger seule du soin
assez fastidieux pour un homme de faire et
de recevoir les visites. N'est-ce pas l'usage,
d'ailleurs ? — Parfois, plein de confiance
en elle, il l'autorisait à aller dans le monde
sans lui, ou la faisait accompagner au théâtre par quelque vieil ami, trouvant plus
gai de rester à jouer au club toute la soirée
ou de faire un dîner de garçon.

— Êtes-vous heureuse, ma chère enfant,

lui demanda un jour madame de Marsaux
venue tout exprès de la campagne pour
voir le jeune ménage.

— Parfaitement, ma tante, dit Madeleine
avec une douce fierté.

— Si une fois vous l'étiez moins, si quelque chose venait à vous faire de la peine,
il faudrait m'en avertir, reprit sa vieille
amie.

— Jamais, répliqua madame de Cérolles
en riant.

Comme toutes les femmes qui aiment,
elle eût été jalouse de mettre quelqu'un
entre elle et son mari. Elle était bien résolue à ne jamais livrer son intérieur au
danger des confidences. Un instinct secret
l'avertissait que les épanchements sont la
ruine du repos domestique, que personne
ne brouille si bien que ceux qui préten-
dent raccommoder. Une sorte de pudeur lui
faisait comprendre qu'on doit voiler à tout
regard curieux les joies comme les peines

de la vie conjugale. Montrer ses joies, n'est-ce pas une indiscrétion ; montrer ses peines, n'est-ce pas une lâcheté? D'ailleurs elle n'était plus tout à fait sûre de ses joies, et ses peines étaient encore bien indécises. Par degré, cependant, elles prirent un corps et se dessinèrent de plus en plus nettement sur son ciel assombri.

Quelle était cette voiture au fond de laquelle se cachait une femme voilée et que lui avait semblé suivre de si près le cheval de M. de Cérolles, un jour qu'elle l'avait aperçue de loin dans les petites allées mystérieuses du bois de Boulogne. Quelle était cette femme qui se tenait toujours un peu en arrière dans sa baignoire les soirs d'opéra, et vers laquelle se dirigeait si souvent la lorgnette de Gaston, distrait et préoccupé derrière elle? Pourquoi de si longues absences pendant les entr'actes et tant de contrariété lorsqu'elle voulait s'en aller avant la fin de la représentation? Qu'étaient-ce que ces

billets parfumés qui arrivaient si souvent —
qu'il lisait avec tant d'intérêt — qu'il dé-
chirait si vite — dont il ne parlait jamais ?

Et surtout quelle était cette vague contrainte qu'elle voyait en lui; pourquoi
était-il absent à ses côtés ? Pourquoi, par
moments aussi, mettait-il une sorte d'affectation dans l'expression exagérée de sa tendresse, dans le zèle de ses soins ? Puis, parfois, cet air sombre, ces grands soupirs, ce
ton brusque comme si la vérité s'échappait
malgré lui ? — Elle ne savait rien, et pourtant elle comprenait tout. — Est-ce qu'une
femme ignore jamais quelque chose ? Les
hommes aiment à croire, lorsqu'ils trom-
pent, qu'ils ne font pas grand mal, parce
que l'on ne se doute de rien, parce qu'ils
n'ont jamais été plus aimables. Ils ne sa-
vent donc pas que plus on se doute, plus
on dissimule et que les natures profondes
souffrent sans pleurer. — Ne craint-on pas
d'ailleurs de voir ce que l'on redoute ? Fermer

les yeux, n'est-ce pas ôter un peu de sa réalité à ce qui est ?

Elle était bien malheureuse ; elle l'avait
tant aimé ; elle l'aimait tant encore ; elle
était si bien résolue à l'aimer toujours.
Mais il était dur de sentir qu'il échappait à
son affection impuissante à le retenir, qu'entre eux il y avait quelqu'un. Et maintenant
c'en était fait pour elle des rires pleins de
franchise, des joyeuses confidences, des
épanchements, des gais enfantillages. L'effort, la gêne étaient entrés dans leur vie
avec cette chose terrible : un secret. ——
Constamment occupée de taire son chagrin,
de cacher son souci, de s'observer, de
prendre sur elle de s'efforcer de sourire
quand elle avait la mort dans l'âme, elle se
sentait jouer un rôle, accomplir une tâche,
au lieu de se laisser aller heureuse au doux
entraînement de sa tendresse. De jour en
jour, elle perdait de ce naïf abandon qui
lui donnait tant de charme, et voyait mourir

en elle cette fleur de jeunesse que la tristesse fane si vite, qui lui allait si bien.

De son côté, M. de Cérolles était malheureux, car ce n'était pas sans remords qu'il
trompait celle qui lui avait témoigné tant de
confiance, qui s'était si bravement remise à
sa loyauté. Il l'aimait, mais il était faible.
Le mal était en quelque sorte entré dans ses
habitudes, devenu sa nature. On eût dit
qu'il avait besoin de son intérêt pour assai-
sonner sa vie, que les joies honnêtes étaient
trop fades à son goût blasé et semblaient toujours un peu empreintes de ridicule à son esprit moqueur. Il est peut-être plus facile de
rester dans le droit chemin que d'y rentrer
lorsqu'on s'en est désaccoutumé. Ainsi que
beaucoup d'âmes, un peu lâche, il admirait
le bien, de loin, comme un beau rêve, s'en
avoir la force de s'en emparer. — Il se mé-
prisait, mais n'avait pas l'énergie de se
reconquérir, et, tout en se détestant, ne savait pas se changer.

C'était aux courses, par un beau jour de
Mai, qu'il avait retrouvé, après un an d'absence, la duchesse de Sauvières. — Madeleine, un peu souffrante et fatiguée, avait
renoncé à l'accompagner.

— Ce sera plus sage, avait-elle dit à son
mari d'un petit air mystérieux.

Et le front appuyé contre la vitre, elle
l'avait vu partir, le suivant d'un regard
plein de regret mêlé d'admiration, tandis
que l'élégant phaéton s'éloignait lentement.
Les deux chevaux noirs, bien ramenés dans
sa main, mordaient leur frein plein d'é-
cume et secouaient leurs têtes impatientes
sous le frontail orné de deux roses. Au moment de disparaître, il se retourna en agi-
tant son fouet, tandis qu'elle lui faisait
signe de la main ; puis on ne vit plus rien
et le rideau de guipure retomba sur la croisée. — Alors Madeleine s'assit sur un petit
canapé au bout de la chambre, et prit son
ouvrage. C'était une de ces merveilleuses

broderies telles qu'on en voit aux fonds des petits bonnets des enfants nouveaux-nés : bizarre composé de festons, de jours et de ronds se reliant les uns aux autres par des fils imperceptibles et ne laissant pas que de ressembler vaguement à une toile d'araignée. Elle paraissait fort joyeuse en le contemplant et tirait l'aiguille d'un air gai et résolu, ne se doutant pas que ce jour était le dernier où elle dût goûter le bonheur en paix. Bien que l'amour qu'avait Gaston pour elle fut bien inférieur au sien parce qu'il ne s'y mêlait aucune de ces sérieuses pensées qui rendent plus profonde la passion elle-même, il la rendait heureuse pourtant ; elle y croyait et ne l'approfondissait pas. — N'y a-t-il pas une portion de nous-mêmes dans toutes nos joies et n'est-ce pas nos illusions souvent qui en font la meilleure part.

Tandis que, penchée sur la mousseline, elle semblait complètement absorbée par son travail, M. de Cérolles arrivait au bois, et, ayant mis pied à terre, se dirigeait vers la tribune du Jockey, tout en échangeant de nombreuses poignées de mains à droite et à gauche.

— Vous ne voulez donc pas me reconnaître, dit derrière lui une voix qui le fit tressaillir ; et se retournant vivement, il reconnut madame de Sauvières. Elle était toujours belle, malgré ses trente-cinq ans. Ses grands yeux noirs aux reflets veloutés avaient gardé cette expression qui les faisait ressembler à une caresse ; ses cheveux bruns entouraient sa tête de leurs nattes épaisses en faisant ressortir la blancheur mate de son teint. Elle arrivait de Florence et sa toilette, qui n'était pas tout à fait celle d'une Parisienne achevait de rendre se personne plus frappante par l'éclat de ses couleurs un peu vives et l'étrangeté de ses coupes un peu hardies.

—On n'oublie pas ainsi ses amis, ajouta-

t-elle, en quittant le bras sur lequel elle
s'appuyait pour prendre celui de M. de Cérolles qui hésitait, et continuant à marcher,
elle l'entraîna tout doucement à l'écart.

Un vague murmure s'élevait derrière leurs
pas. Le sourire des femmes, la jalousie des
hommes mêlés aux souvenirs du passé, aux
éblouissements du présent, firent monter à
son cerveau un flot d'égarement mêlé de
vanité et le grisèrent tout à coup. Ils ne se
quittèrent pas de la journée.

— Vous viendrez me voir, lui dit-elle.
comme il la mettait en voiture. Vous savez
que je suis toujours chez moi de quatre à
six.

Et comme il ne répondait pas.

— Je vois ce que vous allez objecter,
continua-t-elle. Étant marié, vous ne devez
pas aller chez une femme qui ne va pas
chez la vôtre, et.... vous ne tenez pas à m'y
voir. Mais cela n'est pas une raison car je
fais exception — et son visage prit une ex-

pression de suprême dédain autant que de moqueuse effronterie.

— Je ne vais pas dans le monde et je ne reçois que des hommes. Ainsi madame de Cérolles ne saurait s'étonner.

Et lui serrant la main une dernière fois.

— Je compte sur vous, n'est-ce pas? Vous viendrez ?

Il le promit.

III

— Racontez-moi toutes les toilettes de
mes amies, dit Madeleine en venant au devant de lui quand il rentra, et tout ce que
vous avez fait de gai, tout ce que vous avez
ouï dire d'amusant, et surtout si vous avez
bien pensé à moi.

Gaston dut avouer qu'il n'avait rien remarqué et rien entendu, assura qu'il s'était
fort ennuyé et s'efforça de parler des chevaux.

Le lendemain vers trois heures, comme
ils descendaient ensemble les Champs-Ély-
sées en causant gaiement, madame de Cé-

rolles sentit un léger frémissement agiter le
bras sur lequel s'appuyait sa main. En ce
moment passait à côté d'eux une femme inconnue qui jeta à son mari un salut familier.

— Qui est-ce? demanda-t-elle, surprise de
ne pas la connaître.

— La duchesse de Sauvières, répondit-il
d'un ton bref.

— Elle est belle, mais a l'air bien hardi,
reprit Madeleine.

Il ne répondit pas et la promenáde s'acheva
en silence. Quand elle remonta dans sa
voiture :

— Venez-vous avec moi ? demanda-t-elle.

— Non, dit-il, je retourne à pied jusqu'au
rond-point pour marcher encore un peu.
Vous allez faire vos visites ? ..... A ce soir
donc ?

Madeleine se sentait triste sans savoir
pourquoi. Un douloureux pressentiment
serrait son cœur agité. Le soir à dîner on

eût dit qu'un secret instinct l'empêchait de
demander à son mari ce qu'il avait fait dans
l'après-midi. Pour la première fois, elle retenait les questions qui venaient à ses lèvres : elles lui semblaient tout à coup indis-
crètes. Elle n'eût pas voulu avoir l'air de
faire une enquête ; elle n'osait plus parler,
rire. En plaisantant comme de coutume,
en affectant d'être jalouse de ceci ou de
cela, ne risquait-elle pas de tomber juste ?
Devenue grave en un jour, elle se disait : je
ne suis plus une enfant, il est temps d'être
raisonnable. Et pourtant elle ne savait rien,
rien absolument. Quelle est donc cette di-
vination de la tendresse ?

M. de Cérolles prit l'habitude d'aller chaque jour chez la duchesse. La préférence
marquée qu'elle lui témoignait sur tous ceux
qui l'entouraient le flattait. Ses avances dont
la grossière provocation aurait dû le repousser, lui semblaient un attrait de plus. L'idée
d'inspirer une violente passion à cette femme

que beaucoup de ses amis lui disputaient,
l'enivrait d'un orgueil qui entrait pour une
grande part dans le retour de sentiments
qu'il avait cru bien éteints. — Il est donc
vrai que la vanité trouve parfois sa place
jusque dans nos amours; mais ceux-là mé-
ritent-ils ce nom?

De son côté, madame de Sauvières jouissait de la pensée de s'emparer de nouveau
de la vie de M. de Cérolles, de ressaisir sa
proie, d'enlever à sa rivale celui dont la
dispute faisait surtout le prix.

— Ce n'est pas à votre femme que vous
êtes infidèle, lui disait-elle, alors que jusque
dans ses bras il ne pouvait lui dissimuler le
remords qu'il éprouvait de sa trahison. C'est
à moi plutôt que vous l'avez été en en épou-
sant une autre. C'est moi que vous avez
trompée, c'est moi dont vous avez méconnu
les droits éternels, le jour où vous avez promis votre cœur qui m'appartenait à cette enfant étonnée, qui n'a même pas su le saisir.

Gaston avait pensé d'abord à ne se laisser aller qu'à un caprice éphémère, ne faire que raviver pour une heure de vieux souvenirs. Mais, peu à peu, il était retombé dans une véritable liaison, et chaque jour il s'enfonçait plus avant dans l'abîme. Il se détachait de son intérieur. Tout sentiment coupable accueilli dans l'âme la dégoûte aussitôt de toutes les affections légitimes et lui gâte toutes les joies pures.

Le mal mène au mal, comme le bien au bien.

Trois mois s'écoulèrent ainsi. Soigneux de dissimuler les apparences, il était persuadé que Madeleine ne se doutait de rien. N'avait-elle pas toujours le même sourire aux lèvres ?

On était arrivé au mois d'août. Parfois, elle demandait timidement si on n'irait pas bientôt à la campagne. Il se faisait tard ; beaucoup de soins l'y appelaient ; la chasse d'ailleurs allait s'ouvrir, leurs amis s'étonnaient de ne pas les y voir encore, madame de Marsaux menaçait gaiement de venir les chercher. Qu'est-ce qui les retenait ainsi à Paris? Gaston comprit que cette hésitation ne pouvait se prolonger ; il avait épuisé tous les prétextes possibles et Madeleine ne voulait pas partir sans lui. Cependant elle était pâle ; le médecin ordonnait un changement d'air. Plusieurs défaillances successives en attestaient le besoin et commençaient à éveiller la sollicitude de son mari. Ses yeux toujours doux et tendres étaient agrandis par la maigreur de son visage dont les lignes pures semblaient s'effiler chaque jour.

— Nous nous en irons la semaine prochaine, lui dit-il un matin, attendri de la voir ainsi et honteux de lui-même. Nous nous en irons ensemble respirer là-bas le bon air de votre pays natal, la senteur des grands bois après lesquels vous soupirez, retrouver dans ce lieu béni où je vous ai

vue pour la première fois mille chers souvenirs qui vous rendront à la vie, car vous
êtes une campagnarde, il ne faut pas se le
dissimuler et vous languissez ici comme
une plante sans soleil. Ainsi, n'est-ce pas,
c'est entendu et vous allez, chère petite,
faire vos préparatifs de départ.

Elle prit sa tête dans ses deux mains et
l'embrassa, joyeuse. Lui-même se sentait
heureux de la résolution qu'il venait de
prendre ; c'était la fin d'une folie qui com
mençait à lui peser.

IV

Il se rendit le soir comme à l'ordinaire
chez madame de Sauvières. Elle avait eu
du monde, mais il était tard et tous étaient
partis. Les fenêtres du salon, plein de
lumières encore, s'ouvraient sur une terrasse par où l'on descendait au jardin. La
lune en éclairait la pelouse, semblable à un
tapis de velours, tandis que les magnolias
en fleurs répandaient autour d'eux leur
parfum pénétrant. Seule et vêtue d'une
élégante robe blanche décolletée, une rose
rouge dans les cheveux, ses bras nus
appuyés sur le balcon, sombre et inquiète,

la duchesse attendait M. de Cérolles qu'elle trouvait bien lent à venir.

— Quelle belle soirée, dit-il en lui baisant la main.

— Pourquoi si tard? demanda-t-elle d'un ton sévère, plus que tendre.

— Je suis triste, répondit-il ; Madeleine est malade, je ne sais trop ce qu'elle a.

Il hésita un moment, puis rassemblant tout son courage :

— Nous partons la semaine prochaine pour la campagne, dit-il.

— Vous partez, reprit-elle avec une vivacité qu'elle s'efforçait en vain d'adoucir, je m'y attendais ; car depuis quelque temps vous n'êtes plus le même pour moi. Mais je ne me laisserai pas abandonner une seconde fois. Non, vous ne me quitterez pas ainsi.

Puis s'efforçant de reprendre un ton enjoué, elle continua :

— Paris est bien désert et bien poudreux,

19.

c'est vrai; aussi je pensais précisément à aller m'installer à Deauville. Je compte sur vous ; d'ailleurs, l'air de la mer fera grand bien à madame de Cérolles.

— C'est impossible, reprit Gaston. Ce qu'il lui faut avant tout, c'est du repos, du calme, du contentement.

— Eh bien ! dit la duchesse, ce sera au nom de son repos que vous m'accompagnerez, car sinon, je vous le jure, elle saura tout. J'ai gardé vos lettres, et la veille de votre départ, je les lui enverrai.

— Vous ne ferez pas cela, répliqua M. de Cérolles, car ce serait mal.

Et il ajouta :

— Vous ne le ferez pas, parce que cela ne se fait pas, parce que vous êtes une femme du monde et qu'en agissant ainsi, vous en perdriez le caractère.

— Ceci m'importe peu, continua-t-elle avec un peu de violence. Je ne sais si je suis une femme du monde ; je sais seule-

ment que je suis une femme qui vous aime,
et que je suis prête à tout plutôt que de
renoncer à vous, à tout plutôt que de vous
laisser à elle. Dédaignez-moi, vous en êtes
le maître ; mais soyez assuré qu'elle, à son
tour, vous repoussera avec horreur, quand
elle saura que vous l'avez trahie, et trahie
pour revenir à moi.

Ce fut en vain que Gaston s'efforça de la
ramener à des sentiments meilleurs. La
crainte du coup qui menaçait Madeleine le
rendit lâche et suppliant, le porta à
s'abaisser à toutes les prières, lui fit prolonger pendant de longues heures ce pénible débat. Madame de Sauvières fut inexo-
rable, et quand il s'éloigna à une heure
avancée de la nuit en lui laissant pour dernier adieu tout son mépris, il emporta avec
lui l'assurance que s'il persistait dans sa
résolution, elle accomplirait son indigne
menace, sans s'inquiéter de se déshonorer
à jamais. Ainsi le bonheur de Madeleine

serait sa rançon et la liberté qu'il venait
de reconquérir ne lui serait acquise qu'à ce
prix.

Descendant d'un pas rapide l'avenue Ga-
brielle, il venait de passer sous le cercle de
la rue Royale, quand une main se posa sur
son épaule et l'obligea à s'arrêter.

— Ah ! toi, Paul, dit-il, en reconnaissant
un de ses meilleurs amis.

— As-tu perdu au jeu ? lui demanda celui-
ci, en passant son bras sous le sien. Comme
te voilà agité ; j'ai cru que tu allais continuer ton chemin sans m'apercevoir. Allons,
parle ; peut-on t'aider ? Tu sais bien que ma
bourse est la tienne.

— Il s'agit bien de cela, répliqua Gaston,
et plut à Dieu que ce fût une de ces affai-
res qui s'arrangent avec de l'argent. Crois-
moi, en fait de folies, il faut s'en tenir à
celles-là. Mais ici...

— Toujours madame de Sauvières je de-
vine. Tu en as assez et tu ne sais comment

t'en débarrasser. Pourtant une femme du monde, c'est si commode. Que veux-tu qu'elle dise ou qu'elle fasse?

— Mais c'est que la duchesse ne demanderait pas mieux que de rompre entièrement avec le monde qui a déjà rompu à moitié avec elle. Violente et passionnée comme elle l'est, elle n'hésitera pas à envoyer à ma pauvre Madeleine, ainsi qu'elle me l'annonce, mes malheureuses lettres. La pauvre enfant apprendra ainsi tous mes torts à son égard. Songes un peu à sa douleur, à mes remords, elle qui m'a témoigné tant de confiance, épousé quand même, sans s'effrayer de mon détestable passé, qu'elle n'ignorait pas, et qui, à l'heure qu'il est, ne soupçonne rien, croit en moi de toute son âme. Vois-tu, je suis un misérable. L'avoir trahie dans la seconde année de notre mariage, quand elle est grosse, l'avoir trahie pour une femme aimée auparavant, ne comprends-tu pas que je suis sans ex-

cuse, que je ne puis espérer son pardon?
Quel coup pour elle! Comment le suppor-
tera-t-elle? Non seulement, sa tendresse n'y
pourra survivre, mais sa santé y pourra-
t-elle résister? Car elle ne se doute de rien,
elle m'aime, elle est joyeuse. Elle se réjouit
à l'idée de notre prochain départ, et moi-
même, ce matin, je me sentais heureux en
pensant que nous allions fuir ensemble cet
odieux Paris, nous retrouver seuls, loin de
tous, et que ma chaîne brisée, redevenu
maître de moi, je lui appartiendrais de
nouveau tout entier, et cette fois pour
toujours. Mais maintenant, que devenir?
que faire?

Que faire, il eût été difficile de le découvrir et de lui donner un conseil. Il
rentra chez lui désespéré, furieux, indigné
contre lui-même, honteux de cette faute
sans excuse, dégoûté de cet amour qui
ressemblait à de la haine; et se demanda
pendant de longues heures, sans sommeil,

comment il allait faire pour adoucir le choc
à Madeleine. Il craignait pour elle un
funeste saisissement; il savait d'ailleurs
combien était grande sa tendresse pour
lui, et plus il croyait sa sécurité absolue,
plus il redoutait l'émotion qu'elle ressenti-
rait en voyant s'évanouir si brusquement
le bonheur qu'elle croyait si bien à elle.
Qu'allait-elle dire? Qu'allait-elle faire en
apprenant sa trahison? Sa présence même
ne lui deviendrait-elle pas odieuse? Aurait-
il le droit de la lui imposer et, en tout
cas, n'en était-ce pas fait de sa confiance,
de son estime, de son amour, de toutes
leurs joies intimes, de toute la sérénité de
leur foyer? Comment n'a-t-il pas su jouir
de tout cela pendant qu'il le possédait?
Pourquoi faut-il que si souvent l'on ne
comprenne tout ce que l'on aurait dû faire
que lorsqu'on ne l'a pas fait!

Un mari qui trompe sa femme, tandis
qu'elle lui reste fidèle, conserve toujours

pour elle une sorte de respect et d'attendrissement, fait du sentiment de ses torts,
et de la comparaison avec celle qu'il a
l'indignité de lui préférer. Mais il avait
plus que cela pour elle. Maintenant seulement il voyait combien elle lui était chère.
L'avoir perdu, nous fait parfois sentir ce
que nous aimions.

La duchesse, de son côté, avait passé
une nuit fort agitée. Elle avait compris
que c'en était fait de son empire sur Gaston. Elle pouvait se venger, mais elle ne
devait pas se flatter de le reconquérir.
Eh bien! elle se vengerait. Elle s'enferma
dans sa chambre et là, assise devant un
petit meuble de laque dont elle ouvrit le
tiroir d'une main fiévreuse, elle sortit les
terribles lettres, et son visage s'éclaira
d'une joie triomphante en les contemplant.
Pourtant ce n'était pas pour le plaisir de
les relire qu'elle avait dû les garder si soigneusement, car elles ne brillaient ni par

l'élévation des idées, ni par l'élégance du style. Elles n'étaient ni longues ni intéressantes, mais telles qu'elles étaient, cela suffisait. Elle les parcourut une dernière fois, lisant tout haut :

« Ce soir à l'Opéra. — Demain au bois. » — A minuit chez toi. — Impossible au- » jourd'hui, je suis de service, ma femme » me traîne faire des visites, etc., etc. »

Elle mit le tout sous enveloppe à l'adresse de madame de Cérolles.

— J'accorde vingt-quatre heures de délai, se dit-elle, en s'étendant enfin sur son lit ; mais ensuite plus de grâce. On le saura, on me méprisera : soit. Un peu plus, un peu moins... D'ailleurs, qui sait, les hommes me donneront peut-être raison, seront pour moi. Je ne déteste pas un peu de bruit autour de mon nom. Puis on ne saura rien peut-être, car elle n'osera rien dire et se contentera de souffrir et de le détester.

Elle s'endormit tranquillement.

V

Madeleine s'était éveillée joyeuse. Gaston
ne lui avait-il pas annoncé la veille que ce
départ pour la campagne, désiré depuis si
longtemps, aurait lieu très prochainement.
Partir, n'était-ce pas se retrouver seuls à
deux, fuir Paris, le monde, l'inconnu, tout ce
vague mystère qui flottait autour d'elle. Là
bas, son mari ne serait-il pas tout à elle, ne
retrouverait-elle pas les beaux jours d'autrefois? Et pourtant, elle le sentait bien, ces
jours-là ne pourraient renaître entièrement.
Elle se souviendrait toujours qu'il lui avait
caché quelque chose, l'intimité ne serait

plus la même ; ce douloureux secret mettait
entre eux une sorte d'irréparable. Déjà de
ses mains elle commençait à préparer les
objets destinés à être emportés, à ranger
ceux qu'elle comptait laisser derrière elle ;
rubans et ceintures s'entassaient dans les
boîtes ; les châles et les dentelles étaient soigneusement enveloppés dans les fines mous-
selines bleues, et l'on enfermait bien au fond
des tiroirs les diamants et les perles, triste
parure que l'on ne porte qu'à la ville. Ce
fut au milieu de ce beau désordre que Gaston entra. La gaieté, le mouvement avaient
animé le teint de la jeune femme et les cheveux légèrement ébourriffés, le négligé de
sa toilette inachevée, ajoutait une grâce de
plus à l'aspect de ce petit tableau. Elle
tournait le dos à la porte et ne le vit pas
d'abord, mais tout à coup, dans la glace
de l'armoire, son visage se refléta derrière
elle, si pâle, si bouleversé, qu'elle jeta un
cri en l'apercevant.

— Qu'y a-t-il? s'écria-t-elle toute tremblante.

— J'arrive mal à propos, Madeleine, dit-il, je vous dérange au milieu d'occupations pleine d'intérêts, mais c'est que j'ai à vous parler très sérieusement. Voulez-vous venir un moment dans mon cabinet; nous serons plus sûrs de n'être pas dérangés et nous y causerons mieux.

Aussi tremblante que lui et tout émue, elle le suivit.

Il y eut un long silence.

— J'ai une douloureuse confidence à vous faire, Madeleine, dit-il enfin.

— Qu'est-ce? demanda-t-elle d'une voix qui frémissait un peu.

Il reprit péniblement.

— Madeleine, je me suis bien mal conduit à votre égard. Je me suis montré indigne de votre confiance, et j'ai perdu tout droit, non seulement à votre affection, mais encore à votre estime. Me comprenez-vous?

— Ah! s'écria-t-elle, enfin! Gaston, ô
merci, mille fois merci! Que je suis heureuse,
que tu es bon! — et elle jeta ses deux bras
à son cou, tandis qu'un radieux sourire éclairait son visage au travers de ses
larmes.

Il recula épouvanté: une crainte affreuse
avait glacé son cœur. Que disait-elle? Que
signifiait cette joie insensée? Sa raison
venait-elle de se briser? Etait-ce ainsi qu'elle
devait accueillir ce terrible aveu?

Mais elle continua :

— Gaston, tu m'aimes encore puisque tu
me dis la vérité, puisque tu m'ouvres ton
cœur. Ce cruel secret de moins entre nous
te rend à moi. Ah! que j'aime mieux ton
infidélité confessée que cette dissimulation
cruelle. Tout savoir n'est rien en comparaison de tout ignorer. Avouer c'est encore de
la confiance, c'est presque de la tendresse.
Mais se taire, mais tromper! ah! voilà ce
qui creuse l'abîme entre les âmes. Si tu

savais quelle invisible barrière il se trouve dans ces muettes choses que l'on entend sans qu'aucun mot les exprime, et combien le silence est ce qu'il y a de plus dur pour la tendresse ! N'est-il pas bien plus facile de pardonner ce que l'on raconte que ce que l'on cache ? Et trouver le courage de l'avouer, n'est-ce pas encore de l'affection aussi ? Ah ! que tu as dû souffrir.

Il était tombé à ses genoux et couvrait ses mains de ses baisers.

— Ma pauvre amie, ma chère petite, comment donc saviez-vous ?

— Je ne savais rien, dit-elle, mais est-ce que je ne sentais pas tout.

— Et tu me pardonnes, tu oublieras, tu pourras encore m'aimer !

— Tout cela est fait, dit-elle, avec un divin sourire.

Alors il la prit dans ses bras et la pressa longuement sur son cœur.

— Décidément, s'écria-t-il, les femmes

honnêtes ont une manière d'aimer qui n'appartient qu'à elles et c'est la bonne.

Pauvre Madeleine, est-ce qu'elle ne se doutait réellement pas de ce qui avait déterminé son mari à cette confession ou bien par un raffinement de délicatesse, ne voulait-elle pas le deviner pour lui en attribuer tout l'honneur et pour avoir le droit de lui être reconnaissante? Nul ne saurait le dire. Ce qu'il y a de certain, c'est que ce n'était pas la franchise qui avait inspiré à M. de Cérolles une résolution si hardie. Il n'aurait pas eu le courage de risquer ainsi son bonheur et ne se fut jamais imaginé qu'un tel aveu pût être accueilli de la sorte. — Tremblant qu'elle n'apprît la vérité par la duchesse, il n'avait songé qu'à lui épargner l'insulte de cette femme et à adoucir le coup qu'il ne pouvait parer. Il s'attendait à quelque scène terrible, à des attaques de nerfs, à des pleurs et les hommes ne les aiment pas. Ce n'était donc qu'en tremblant

qu'il s'était décidé à parler, convaincu que
c'en était fait de toute sa félicité, que son
intérieur allait être troublé sans retour,
l'avenir perdu, la vie à deux finie ; et voilà
que par un sublime miracle de l'amour, la
réconciliation était née de ce qu'il croyait
devoir les séparer à jamais ! La réconciliation
et, plus encore, l'entente absolue désormais
entre eux, une confiance, une affection, une
intimité bien plus profonde qu'auparavant.
Cette charmante Madeleine avait trouvé
moyen de lui savoir gré de sa droiture, de
sa tendresse, d'y puiser une reconnaissance
qui augmentait la sienne.

Madame de Sauvières ne s'attendait sans
doute pas à ce que ses menaces dussent
avoir un pareil résultat. Gaston ne pensa pas
cependant qu'il fallût poursuivre plus loin
la confidence, et se garda bien d'avouer à
Madeleine ce qui en avait été la cause, et
de lui parler des lettres qu'elle devait recevoir ; il n'eut pas le courage de gâter ainsi

sa joie. — Du reste, elles n'arrivèrent point, car prévenue de la tournure qu'avaient prises les choses par un dernier billet de lui qu'elle put ajouter à sa collection et qui était plein de l'admiration la plus exaltée pour sa jeune femme, la duchesse trouva inutile de les envoyer à sa rivale et de lui procurer ainsi le plaisir de les anéantir. Elle préféra les brûler elle-même avant de partir pour Dauville, où elle se rendit quelques jours plus tard, emmenant à sa suite une nouvelle conquête.

M. de Cérolles était bien corrigé cette fois et si, jusqu'à ce jour, cherchant plutôt en elle l'amour que la personne même, il n'avait guère aimé Madeleine que comme une jolie maîtresse succédant à beaucoup d'autres, il l'aima désormais de toute sa tendresse et de tout son respect, comme sa femme et comme son amie.

FIN

20

TABLE

IMPRIMERIE CENTRALE DES CHEMINS DE FER. — IMPRIMERIE CHAIX.
RUE BERGÈRE, 20, PARIS. — 6658-3.

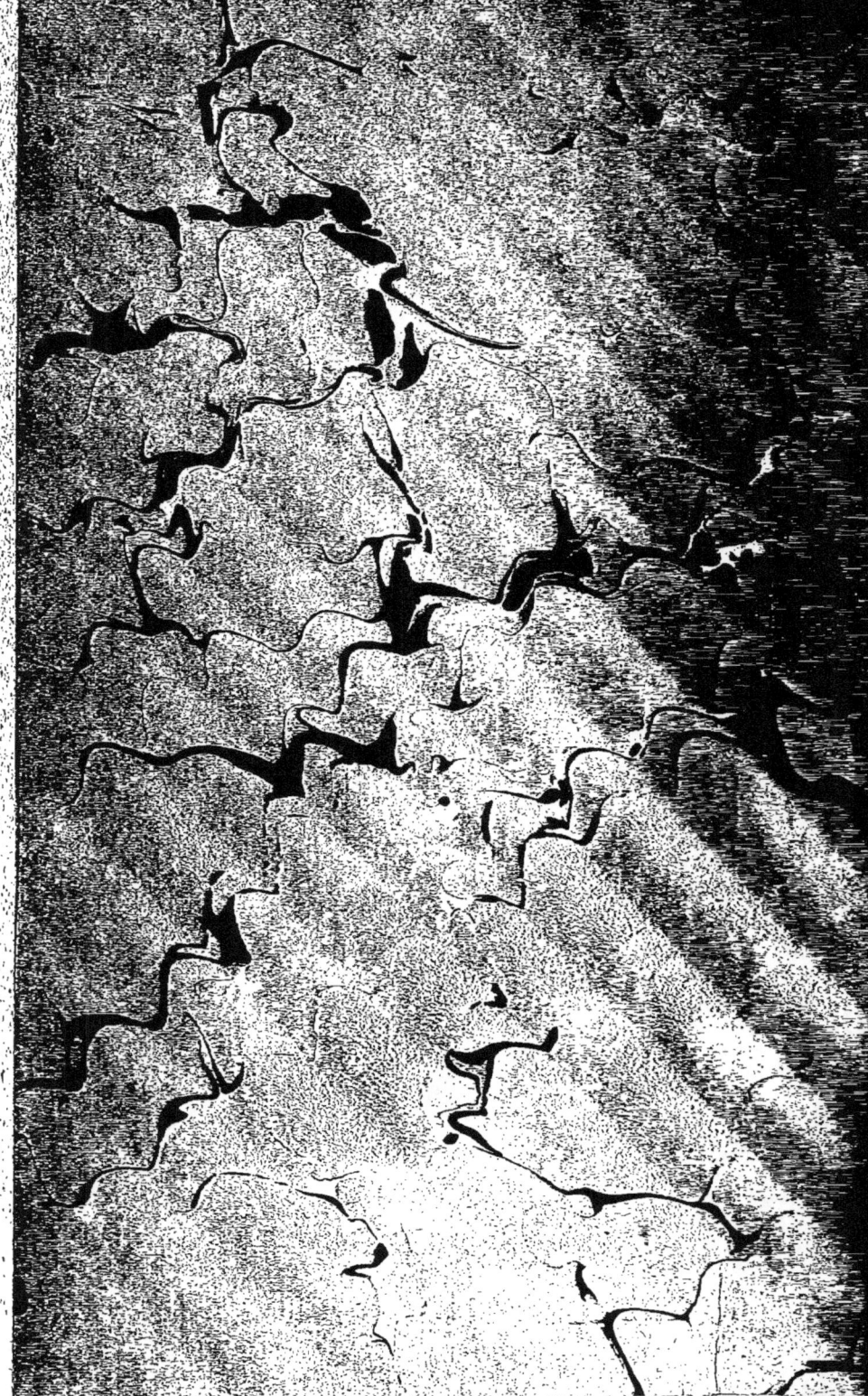

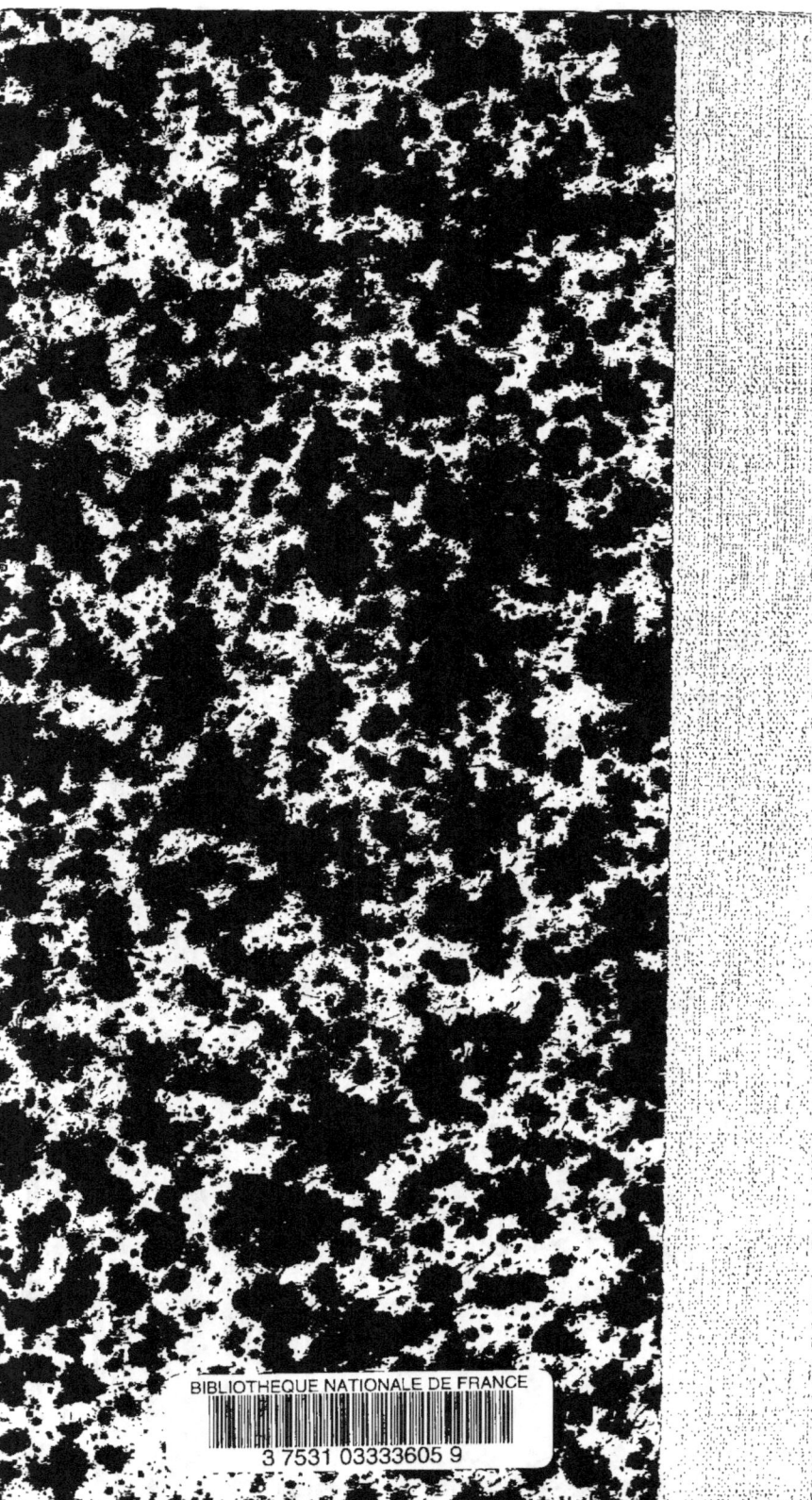